Presented by ケンノジ
illustration KWKM
7
外れスキル
「影が薄い」を持つ
ギルド職員が、
実は伝説の暗殺者
The Guild officials with Weak skills "vanish" are actually legendary assassin.

抱え込まず、ひと言くらい
相談してくれればいいものを、
と思うが、ライラもあのとき
同じことを考えたのかもしれない。
「すまぬな」
ロラン・アルガン
歴代最強と謳われる魔王を一人で暗殺し、人間と魔族の戦争を終結させた伝説の暗殺者。

ライリーラ・ディアキテプ
元魔王、現ロランの愛人の魔族の女性。自らを倒したロランを気に入り、生活を共にしていたはずだったが……？

「これからどうする気だ？」

これ以上の交渉は、平行線を辿るばかりだろう。ライラの意思に関係なく、強引に連れ帰るほかない。

The Guild officials with Weak skills "vanish" are actually legendary assassin.

勇者パーティーの仲間たち
アルメリア・フェリンド
フェリンド王国、第一王女にして勇者。明るく天真爛漫。
エルヴィ・エルク・ヘイデンス
ルーベンス神王国の侯爵令嬢でもある聖騎士。真面目で融通が利かない。
セラフィン・マリアード
守護聖女と呼ばれた大神官。穏やかで交渉に長けているが、度を越した大酒飲み。
リーナ
若くして驚異的な才能を持つ魔導士。あまり感情を見せないが、仲間想い。
冒険者ギルド ラハティ支部
アイリス・ネーガン
ギルドの支部長。氷のような女性であり、ロランの正体を知る数少ない存在。
ミリア・マクギュフィン
ギルドの受付嬢。ロランの元教育係であり、ギルドのムードメーカー。
かつての魔王軍幹部
ロジェ・サンドソング
凄腕のエルフの魔法使いにしてライラの忠臣。有能だが隙も多い。
キャンディス・マインラッド
現在は冒険者として活動している吸血鬼。諜報・戦闘ともに優秀。

外れスキル「影が薄い」を持つギルド職員が、

実は伝説の暗殺者

7

著 ケンノジ

Ill. KWKM

The Guild officials with Weak skills "vanish" are actually legendary assassin.

Presented by Kennoji and illustration by KWKM.

口絵・本文イラスト
KWKM

装丁
AFTERGLOW

CONTENTS

1　セカンドライフ

新しい腕にも慣れはじめてきた。

ワワーク・セイヴが製作した腕輪を装備したまま日常を過ごすようになって一週間ほど。

『魔鎧《マギレガス》』という魔力を纏《まと》う技術の応用で右腕を形成することのできる腕輪だ。

俺はそれをそのまま日常生活でも使うようになった。

ワワークは、吸血族の技術者であり研究者だった。ライラも魔王軍の陣営に加えようと思ったほどの男だったが、反純血派という純粋な魔族に対して反抗心を持つ思想だったため、ライラからの誘いを断っていたそうだ。

そのワワークならライラの首輪を直せるだろう、と考え捜索をしたが、まさか彼が製作者本人だとは思いもよらなかった。結果的に、首輪は修復するよりも作り直したほうが早いとのことだったので、製作を依頼した。

この腕輪もその際に作ってもらったものだ。頼んだわけではなく、ワワークの趣味のような製作物だったが、今となっては重宝している。

「ロランさん、よかったです……。義手が手に入って」

俺が以前通り両腕で仕事をしていると、見かける度にミリアがそんなことを言う。

「お礼をしなきゃですね」

「いえ。使ってくれることが一番のお礼だそうです」

「そうなんです？　変わった方ですね」

きょとんとしたミリアが言った。確かに、少し変わった男だった。

ワワークは、種族こそ吸血族であるが、自分に興味のあることを探究したいという好奇心の塊のような男だった。

変わったやつではあるが、有能であることには違いなかった。

ミリアが言うように、俺もお礼をしようとしたことがあるが、使用感や改善点などの感想を教えてくれるのが一番の礼だとワワークは言った。

ミリアが言った義手……魔力の腕は、見た目は青みがかった半透明の腕だった。

それを人前に出して説明したり尋ねられたりするのも面倒なので、今右腕は指先から肩口までを黒いアームカバーで覆っている。

とくに苦労したのが右指の細かい動作だったが、それもいよいよ慣れはじめ、ペンを握って文字を書くこともできるようになった。

周囲には、義手義足の開発者に作ってもらった、としている。

本来であれば、ライラが保存魔法を使っておいた右腕をどうにか接合する方法を探す予定だったが、その腕は盗難に遭ってしまった。

あんなものをほしがる輩《やから》がいるとは驚きだ。知らない者が目にすれば、まず間違いなく悲鳴を上げてしかるべきものだというのに。

それに気づいてからしばらくすると、勇者パーティの一員だったエルヴィが俺を訪ねてきた。

内々に教えてくれたことは、ルーベンス神王国の国王暗殺だった――。

受付待ちの冒険者たちの話が耳に入る。

「ルーベンス王が亡くなったらしいな」

「ああ、病死って話だ。後継者を決める前らしいから、こりゃひと悶着《もんちゃく》あるぜ」

ルーベンス神王国で近衛《このえ》隊長を務めるエルヴィが教えてくれた通り、公表された情報は病死。

だが、実のところは暗殺だった。

俺が護衛や警護のいろはを教えたエルヴィの守備を潜り抜け、仕事をこなした暗殺者がいる――。

エルヴィに調査を頼まれた俺は同意し、ルーベンス神王国へと向かった。

だが、調べていくほどに、暗殺はかなり困難な状況だとわかり、唯一できるとすれば俺くらいだろう、と思った。

……まさか、本当に『俺』が犯人だったとは思いもよらなかったが。

俺の偽者は、ライラをさらい、俺をおびき寄せた。

どうやら俺を殺して自分が本物になろうとしているようだった。ちょうどもらった腕輪の試運転もかねて、俺は自分と戦うことになった。

腕輪の効果は抜群で、新しい戦術も増え、偽者を捕縛するに至った。

うりふたつの双子と言えばいいだろうか。姿形、思考回路、スキルでさえも同じ男。捕縛後、俺も情報を訊《き》き出そうとしたが、何も話すことはなかった。エルヴィたちも試したが、結果は変わらず。さすがは『俺』といったところか。そののち速やかに処刑されたと聞く。

偽者とはいえ、自分自身と同じ人間が処刑されるのは、あまりいい気分ではなかった。

俺の右腕の紛失と偽者の登場は、何か関係があるのだろうか。

もし、腕から『本人』を作り出すことができるのであれば……。

「ロランさーん？　お昼休みですよー。一緒にランチでもどうでしょう……！」

いつになく顔を強張らせたミリアが言った。

そういえば、今日はライラが作る弁当はないんだったな。食べなくてもいいが、仕事の合間に休む、というのは、どうやら『普通』のことらしい。

一食くらい食べなくても仕事に支障はないが、休みもせず食事もとらず、仕事に没頭するのは、どうやら『普通』とは違うようなのだ。

「それでは、ご一緒させてください」

「えっ、いいんですか」

「ええ。誘ったのはミリアさんでしょう？」

「そ、そうなんですけど、オッケーしてくれるとは思わなくて」

すぐ準備しますー！　と、そばの机であれこれ用意をはじめた。髪を触ったり鏡で顔を確認したりしたミリアは、財布を手に、フンス、と鼻から息を吐いた。

「では行きましょう」

「はい」

裏口からギルドを出ようとすると、おーっほん、と大きな咳払《せきばら》いが聞こえ、ミリアの表情が曇った。そして、嫌そうに眉《まゆ》をひそめて後ろを振り返る。

「……何ですか、支部長」

釣られて振り返ると、そこには、財布を手にしたアイリス支部長が支部長室の前に立っていた。

「ランチ、行くのね」

「便乗ですか」

「私も、ちょうど今お昼休みに入ったところなの」

「便乗する気なんですね？」

「もしよかったら、私もいいかしら」

「やっぱり便乗！　どうせ、わたしたちが廊下を歩くところが見えて、慌てて出てきたんでしょーっ！　『私、お昼休み、お昼に取らないのよ。みんなが交代で休んでるから、支部長は最後なのよ』って前にドヤ顔で言ってたくせにー！」

「たまたまよ、たまたま」

んもう、とミリアは頬を膨らませた。

「わたしも目撃したときは、空気なんて読まずに全力で便乗しますからね」

「望むところよ。かかってきなさい」

ということで、今日はアイリス支部長も一緒に昼食を食べることになった。

支部長の案内で、おすすめという店までやってきた。

「いいじゃない、ランチ一食分浮くと思えば。支払いは私が持つんだし」

「そーですけどぉ」

静かな店内には、それに見合った紳士淑女が数人。威勢のいい冒険者たちが来るような店ではないようだ。

テーブル席に着き、メニューを見ていると、離れたテーブルでは内装にそぐわない冒険者が一人酒を呑《の》んでいた。

担当をしたことはないが、何度か見たことのある男だ。

「ステイン・マックロイ……Dランクだったかしら」

こそっとアイリス支部長が声を潜めた。

「彼、最近よくいるのよ」

「ステインさん、最近見ないと思ったら、こんないいお店で呑んだくれていたんですね」

別段珍しくもないのか、ミリアも気にした様子はない。

見ない、とミリアが言ったことから、うちのラハティ支部には少なくとも顔を見せていないようだ。

「冒険はしてないんでしょうか」

俺が尋ねると、アイリス支部長は苦笑する。

「してるようには見えないわね」

「ロランさんが担当する人は、根は真面目《まじめ》だったり向上心や野心たっぷりだったりする頑張り屋さんが多いです。でも、実際は、あの手の人が冒険者の大半です」

と、ミリアが補足してくれた。

言われてみれば、そうかもしれない。

実力不足だとしても、人間性を加味して合格にする冒険者志望の者がいるし、実績がなくても上のランクのクエストを斡旋《あっせん》することもある。

すべて人となりと能力を総合した上での判断だ。

だから、俺にクエストを斡旋してほしい冒険者は、強くなりたかったり、上のランクに行きたかったり、そういった向上心溢《あふ》れる者が多い。自然とクエスト内容もキツいものが多くなりがちだった。

見たところ、ステインの年齢は四〇半ばを過ぎている。

身体能力はもう下り坂。全盛期はもう二〇年ほど前になるはずだ。

手元に残ったのは、低ランククエストをこなしてきた実績と経験だけ……といったところだろうか。

「すまない、店主。葡萄《ぶどう》酒のお代わりをくれないか」

ステインが店主を呼ぶと、呼ばれた男はため息をついた。

「ステインさん。ツケもずいぶん払ってもらってない。常連だったから目をつむってたけど、本来ツケ自体うちは許してないんだ。……悪いが、今日はもう出てってくれないか。ツケが支払えなきゃ出入りは禁止だ」

至極真っ当な店主の主張に、

「わかったよ。……悪かったな」

小声でぼそりとこぼしたステインは、小銭をカウンターに置いて席を立ち、店を出ていった。

「足りてないし……まったく」

小銭を数えて店主はため息をつく。

俺はステインのことが気になったので訊いてみた。

「ステインさん、お金もないのにここで呑んでいたんですね」

「ああ、職員さん。……はい。以前は羽振りがすごくよかったんです。仲間たちと一緒によく来てくださって、楽しくここで呑んでくれたんですがねぇ」

「仲間？」

「ええ、最近見ないですが」

と、言葉を切って、店主は肩をすくめた。

「どうしたんでしょうね」

昼食をアイリス支部長にご馳走《ちそう》してもらった。

支払いを渋ったわけでも、ねだったわけでもないので、財布を出そうとすると、

「こういうのは、普通目上が出すのよ」

そう言って、会計を済ませてくれた。

『普通』は目上が出すのか。覚えておこう。

ミリアは、店に入るまで機嫌が悪そうに見えたが、店の料理に気をよくしたらしく出るころには上機嫌となっていた。

ステインという中年冒険者が出ていってからテーブルの話題は、俺の腕の話や仕事の話が中心となった。

昼休憩が終わりギルドに戻ると、俺は気がかりだったあのステインという男のことを仕事の合間に調べた。

あの店の常連というだけあって、主な活動拠点はこのラハティの町だった。

アイリス支部長が言った通り、Dランク冒険者。

高望みはせず、受けたクエストはEランクのクエストがほとんど。

あの店主が言っていたように、数人で活動しているようだった。

「ミリアさん、お仲間はどうしたんでしょう」

「ああ、あのステインさんの？」

うなずくと、ううん、とミリアは考えるように人差し指を顎《あご》にあてた。

「わたしも詳しくは知らないのですが、この手の話には、あまり首を突っ込まないほうがいいですよ、ロランさん」

「どうしてですか？」

「パーティの人間関係は、こじれると複雑で、第三者が入ると余計にマズくなることが多いんです。ただステインさんの場合は、完全にお別れしちゃってるように見えますけどね」

言われて思い返してみれば、俺がこれまで口を出した人たちは、こじれる前が多かったように思う。

「ロランさん、気になるんですか？」

「いえ、そういうわけでは」

「ふふ。でも調べるんですね」

ミリアは、ふんわりしている雰囲気のせいで抜けていると思われがちだが、見ている部分はきちんと見ている。

ちらり、と窓の外にステインの姿が見えた。こちらを一瞥《いちべつ》すると、足早に歩き去っていく。

「すみません、少し席を外します」

ミリアに言うとふたつ返事が返ってくる。

表から外に出て、覚束ない足取りをしている中年冒険者に声をかけた。

「ステインさん」

足を止めると、覇気のないような瞳《ひとみ》でじろりとこちらに目をやった。

「凄腕《すごうで》職員さんが、オレに何の用だってんだ？」

「凄腕ではありません。『普通』の職員です。……あのお店は、よく行かれるんですか」

「ああ……昔からな。仲間と冒険終わりに集まってな」

「クエストは、もう受けないおつもりですか？　最近見てない、と他の職員が言うので」

「知ってんだろ。仲間に捨てられて、こんな有り様だよ」

触れないつもりでいたが、やはりそうだったのか。

「一人でやってく自信もねえ。今さらこんなオッサンがFやEランクはできねえしなぁ」

この町で活動する冒険者はそれほど多くない。若い駆け出し冒険者ならまだしも、中年冒険者が低ランククエストばかり受けていれば、後ろ指差されるであろうことは、想像に難くない。

仲間に捨てられ、挙句に低ランククエストの小さな稼ぎで細々とその日暮らしの生活……というのは、選択肢にないのだろう。

よっこいせ、と声を出して、道端に座るステイン。

「隣、失礼します」

「汚れるぜ」

「ええ。構いません」

通りを行き交う人たちは、俺とステインを奇異の目で見て過ぎ去っていく。

「あいつらぁ……みんな、もっと派手に活躍してぇんだと」

あいつらというのは、仲間のことだろう。

「ラハティの町で安定安心の冒険者生活をこのまま送ってくんだろうなぁって思ってたのは、オレだけだったらしい。つまんねえんだと。そんな毎日の何がおもしれえんだ？　って言われちまってな」

自嘲《じちょう》気味に笑うステインの息には、まだ酒気が色濃く混ざっていた。

安心と安定。

俺が求めた『普通』は、まさにそうだと言えた。何が面白いのか、と問われれば、別段面白いことは何もない。

その質問を投げかけられれば、俺も返答に窮しただろう。

「おもしれえだけが冒険じゃねえだろって、オレが言い返して、それから大揉《も》め。知らねえ間に、あいつらは町を出ていっちまった」

拠点を王都に移したんだろう、とステインは言う。

「追いかけなかったんですか」

「どの面下げて？　野心や野望があるのはいいことだ。だが、大した力のねえオレじゃ、いつか必ず足手まといになる日が来る……それは薄々とわかってたんだ」

この年頃になると、能力の向上は難しい。下降線を辿《たど》る身体能力に抗《あらが》うのがせいぜいだろう。

「お酒を呑んでも現状は変わりませんよ」

「クハハ……手厳しいな職員さん」

「失礼ながら、あなたのクエスト履歴を拝見しました」

「くだらねえ低ランククエストばかりだったろ」

いいえ、と俺は首を振る。

「低ランクといえど、困っている人がいるのは確かです。貴賤はありません」

「そう言ってくれるとオレも救われる」

クエスト履歴を見る中で、繰り返しているクエストがあった。

「少しお時間よろしいですか」

「んあ？　いいが……何だよ」

「動物、お好きなんですね」

「好きか嫌いかでいやぁ、好きだが……」

その一言が聞けて安心した。

「以前、人手がほしいと言っている牧場があったんです」


俺はステインを伴い町を出ると、郊外にあるその牧場を目指す。

「あなたが何度も警備クエストを受けた牧場です。定期的に冒険者を雇っていたんですが、毎回違う人間が来ては、同じ説明をするのも手間だと」

「職員さん、あんた……アレだな」

呆《あき》れたような顔でステインは笑った。

「仕事、しませんか。その牧場で。冒険者に比べれば刺激はないでしょう。毎日同じことを繰り返すだけですから」

返事のないステインだったが、俺のあとをきちんとついてくる。

牧場主の男を訪ねると、ステインのことを覚えていたようだった。

「あー。ステインさん。うちで雇われてくれるのかい？」

俺に訊《き》いた質問だったが、尋ねるように俺はステインに目をやった。

「あー……まあな」

後頭部をかきながら、ステインは目をそらしながら言う。

「たいして給料出ねえんだろうけど」

「Eランククエストを毎日こなすのと、同じくらいだったはずです」

具体的な額を俺が言うと、主人は大きくうなずいた。

「あんたなら歓迎だ。若い冒険者は目を離せばすぐサボろうとするが、その点あんたは、何度も真《ま》面目《じめ》にやってくれた。だからよく覚えているよ」

主人が好意的で俺も一安心だった。

「リタイアしたとしても、誰《だれ》もあなたのことを笑いません。冒険者のまま呑《の》んだくれているほうがよっぽど悪いです」

ステインは少し考えるように目を伏せて、首を縦に振った。

「わかったよ、やるよ。もう刺激なんか求めちゃいないオレには、ぴったりの仕事ってわけだ」

ステインと主人が顔見知りとあってか、話はすぐにまとまった。

それから、ステインを町で見ることは少なくなった。

だが、たまに夜になると、酒場で主人と酒を呑んでいるのを見かける。

元々ウマが合ったのかもしれない。

派手に飲んだり賑《にぎ》やかにしゃべることはもうないだろうが、その酒は美味《うま》そうだった。


ステインの転職を俺はアイリス支部長に報告していた。

要らないとのことなので、預かった冒険証も、ついでに渡しておいた。

「……ステインさんは、牧場の主人とウマが合ったらしく、そこで生活をしていくと思います。仕事も性に合ったんでしょう」

実は、何と言われるか少し心配だった。

冒険者はギルドにとっては依頼の大切な実行者。

彼らがいなければ、依頼されたクエストが減ることはない。

「あなた、何だかんだで親切でお節介よね」

机の上で頬杖《ほおづえ》をついて、ふふふ、と微笑《ほほえ》んだ。

「そうでしょうか」

「あなた自身が今こうだから？」

「いえ、そういうつもりは」

「いいんじゃない？　年齢を重ねるごとに心境は変化するでしょうし、二〇年前の情熱を持ち続ける冒険者なんて、滅多にいないわよ。時間とともに、気持ちは変わっていくものだから」

「ステインさんのように、真面目な冒険者限定で転職先を紹介してあげられないでしょうか。もしかすると、クエストと冒険者の両方が減ってしまうかもしれませんが」

「いいわよ」

思ったよりも早く返事がもらえた。

「いいんですか？　提案しておいてこんなことを訊くのもあれですが」

「ええ。まだ伝えてなかったけど、職員の二人が退職することになったの。多少は、捌《さば》くクエストの数が減ってもいいかなって思っていたから」

そうなると、それはそれでギルドは困る。依頼主から手数料をもらっているからだ。

だが俺の心配はまたしても杞憂《きゆう》に終わった。

アイリス支部長曰《いわ》く、ここにやってくる冒険者とクエストの数は右肩上がりで増え続けているそうだ。

「冒険者はまだしも、クエストも、ですか」

「たぶん、あなたのおかげよ」

いたずらっぽく、くすっとアイリス支部長は笑い、人差し指を立てる。

「まず、『評判のスーパー職員さん』目当てで冒険者が来ます。……ていっても、七割は年頃の女の子なのだけれど。その冒険者たちそれぞれに合うクエストをその職員さんが斡旋《あっせん》。これがとても効率が良くて、依頼主の方たちからすると、よそのギルドで頼むよりも、何倍も終わるのが早いんですって」

「あまり意識したことはありません」

「でしょうね。だから、多少冒険者とクエストが減っても、問題なし」

それはよかった。

「僕の提案をいつも聞いてくださりありがとうございます」

「お礼はよして。あなたのおかげで色々と助かっていることのほうが多いんだから」

この提案はあなたが中心になってね、と念を押され、俺は支部長室を出ていった。

もう少しで閉館の時間。

ちょうど手が空いていたので、クエスト数を確認していると、なるほど、たしかに俺が来る前後で受領数、完了数、ともに大きく増えている。

やがて閉館し、正面の扉が閉められた。

「ロランさん、今日もお疲れ様でした〜」

ぽわぽわ〜、と音の出そうな笑顔でミリアが声をかけてくる。

「ミリアさんも、お疲れ様でした」

「今日、ロランさんよかったら――」

ミリア、と他の女性職員に名前を呼ばれ、あ、という顔をしたミリアは、手を振って、「すみません、何でもありません」と苦笑いをした。

不思議に思っていると、数人の女性職員が机を囲んで何かを確認している。その輪にミリアが入った。

「すみませんー！　わたし、うっかり」

「今日は誰の番？」

「わ、私です。でも、今日は自信ないから、パス……」

何の話だ。

「あの子ら、何してんだ」

ぼそっと離れたところで男性職員が言うと、隣の職員が答えた。

「一日ごとの順番なんだと」

「何が」

「アルガン君を食事や遊びに誘っていい人」

「んだそれ」

んだそれ、は俺のセリフだ。

だからか。今日は自分の順番じゃないことを思い出したミリアが、何でもない、と濁して去ったのは。

みんな、あとは支部長の終礼待ちといった様子なので、話を切り出すのは今がちょうどいいだろう。

「支部長にも許可をもらった新しい職員の仕事があるんですが――」

俺は冒険者の転職斡旋について、話しはじめた。

「冒険者をやめたくてもやめられない人、怪我《けが》か何かで本来の力が出せなくなった人など、信用のおける品行方正な冒険者限定でやっていこうと思っています」

「いい案だと思います！」

真っ先にミリアが賛成してくれた。

「おいおいおぃ～。オレらは忙しいのに、勝手に仕事増やすんじゃねえよ。新人クン」

鼻くそをほじりながら、モーリーが椅子に背をもたせながら言う。

「お手間かもしれませんが、冒険者にも、人手が足りずクエストを出さざるを得ない依頼者にとっても、悪い話ではありません。職員の手間も大いに減るでしょう」

完全に興味がないらしく、モーリーは鼻くそを丸めて、人差し指でピンとはじいた。

「ま、そういうのは一人でやってくれやぁ。オレぁ忙しいんだ」

詳細を聞いて、ミリアが改めて賛成してくれた。

「ロランさん、わたし、手伝います！」

それを皮切りに、みんなが口々に言った。

「これしかできない、っていう中年冒険者っているもんな」

「辞めるに辞められないって感じの人もな」

「これ、めっちゃいいと思うよ」

ありがとうございます、と俺は賛同してくれた先輩たちにお礼を言った。

「まあ？　暇な新人クンにしてはイイ案なんじゃないッスかね～？」

「モーリーさん、得意の負け惜しみですね」

ボソッとミリアが言うと、聞こえていたらしく、モーリーが青筋を立ててがなりだした。

「違ぇよ、ミリアちゃん！　わかってる？　このギルドのエースが、オレってことをよぉ～。あんま、怒らせないほうがいいと思うけど？」

呆れたように、みんながため息をつく。

モーリーの性格を把握してからは、この見栄っ張りな男にも、愛嬌《あいきょう》を感じられるのだから不思議だ。

「もう、モーリーさんは仕方ないですね。わかりました。少々お待ちを」

そう言うと、ミリアは俺がさっき見ていた完了済みのクエストの束を持ってきた。

「今日から過去三か月のクエスト票を仕分けます。担当者別に」

ぴくっとモーリーの眉《まゆ》が動いた。

「そ、そんなことしなくっても、オレが一番だってのは、みんな知ってっから――」

「はいはい、そうですね、そうですね、なので確認させてくださいー」

全然取り合わないミリアは、手際よくまとめられた完了済みクエスト票を分けていき、すぐに仕分けは終わった。

「自称エースのモーリーさんは、この三か月で、なんと……四六件のクエストを斡旋し完了させていました。こ、ここまでとは。驚きの数字です……」

頬をピクピクさせるミリアは引いているようだった。

週二日休みなので、勤務日数を考えると一日平均一件未満となる。

「だっろぉ～？　驚くな、驚くな」

誉め言葉だと受け取ったモーリーだけが気をよくしていた。

「わたしは、二三〇件です」

「み、ミリアちゃんの担当数なんて聞いてねえんだよ。新人クンはいくつよ？　五件？　それとも一〇件？　ナハハハハハ」

「ロランさんは約六〇〇件です」

「ナハハ、は？」

「モーリーさんよりロランさんのほうが、一〇倍以上忙しいことがわかりましたよね？　圧倒的に指名数も多いですし、この数は必然でしょう。冒険者試験もお一人で担当していますし、総合的な仕事量だけでいうと、この支部どころかギルド全体でもトップクラスです！」

うんうん、と他の職員も認めている様子だった。

「かっ、数こなしゃいいってもんじゃねえだろうが！　オレぁな、一件一件真心を込めてだなぁ！」

ああだこうだ、とモーリーが真心について説明をはじめたが、全員耳を貸さずに、転職システムのやり方について話し合っていた。

「終礼するわよ」

奥からアイリス支部長がやってきた。

「支部長ぉ～、オレがどんだけ優秀かってことをですね、凡人たちにわからそうと」

「聞こえていたわ」

「さすが支部長」

万の軍勢を味方につけたかのように、モーリーは職員たちにドヤ顔を見せつけた。

「数をこなせばいいものではない、っていうのは一理あるわ」

「わかる人には、わかるんだよなぁ～」

「けど、丁寧にするにしても、限度があるでしょう」

旗色がいきなり悪くなったのを感じたのか、いよいよモーリーは押し黙った。

「あなたは、手際が悪いってことを正当化するために、真心って言葉を体よく使ってるだけでしょう?」

「そこまで、言わなくても、いいじゃないッスか……」

「支部長ぉー。モーリーさん、忙しいから転職斡旋はしたくないそうですぅー」

「ミリアちゃぁ～ん、そんなこと、オレひと言も言ってないよー?　やるやる!　みんなで協力していこうな!」

こうして、あっさり手の平を返したモーリーは、転職斡旋も仕事として認めるようになった。

2　手に職

各職員が信用のおける冒険者限定で、転職の斡旋がはじまった。

怪訝《けげん》な表情をする冒険者もいれば、遠回しに冒険者をやめろ、と言っているように聞こえて怒り出す者もいた。

なるほど。怒り出す者は、低ランクであろうとも冒険者として誇りを持っているように思える。

システムとしてまだまだはじめたばかりなので、マニュアルを変える必要がありそうだ。こういった案内は、積極的にしないほうがいいのかもしれない。

ラビが一人でやってきた。

防御特化のスキル持ちであるこの少女は、ベテラン冒険者であるニールとロジャーコンビと組ませており、最近は三人で活動をしていた。

一人ということは、また何か揉《も》めたな？

年頃の一四、五の少女であるラビと三〇半ばのニールとでは、些細《ささい》なことでよく摩擦が起きていた。

「ロラン、こんにちは」

「愚痴なら聞かないぞ」

「うっ、ち、違うもん」

なら何だ？　と俺は手元で書類仕事を進めながら尋ねた。

「ディーさん、何してるのかなって」

「ディーはクエストでしばらく戻らないぞ」

ニール冒険者たちと組む前は、ラビはディーと組んでいた。夜は最強となる吸血族のディーは、逆に昼間はそこらへんの人間と変わらない戦闘力となるので、スキルの性質上、ラビとは相性もよかった。

どうやらこの娘は、ディーを理想の女性とでも思っているらしく、何かあると所在を俺に訊《き》いてきた。

「なぁんだ」

スタイルもよく、お淑やか（に見えるらしい）なディーは、異性にも同性にも人気があった。

「何これ」

ラビが、転職斡旋《あっせん》の案内を見つけた。

「冒険者をやめたあとの仕事を斡旋している」

「こんなことしてるんだ？」

……そういえば、他にできる仕事もなさそうだったので、ラビを冒険者にしたが、それはあくまでも仕方なくだ。スキルの有用性も冒険者に持って来いだったしな。

だが本当は、何かやってみたいことでもあったのかもしれない。

「ラビ。もし、冒険者に嫌気がさしたのなら、別の仕事を斡旋してもいい。とはいえ、斡旋先は限られるが」

この話が本決まりになり、受け入れ先を募ったところ、領主のバルデル卿《きょう》が真っ先に手を挙げてくれた。それ以外だと、鍛冶屋《かじや》、肉屋、農園主などが受け入れ先となった。

待遇などの条件面も決して悪くはない。冒険者として培ったスキルを活かせる職場であることが前提なので、奴隷《どれい》とは一線を画す労働力であることは先方に説明済みだ。

「領主様のところは……衛兵に、給仕、庭師……へえー」

興味はあるが、本気では考えていないといった様子に見える。

それから、ラビに近況を聞かされることになった。俺のことをいい話し相手だと思っているらしい。比較的空いているので、適当に相槌《あいづち》を打ちながら、俺は手元の仕事を進めた。

「あの……」

「あ、いらっしゃーい」

俺よりも早くラビが反応した。

手元から顔を上げると、ラビの向こうには気弱そうなダークエルフの男が一人いた。

「クエスト？　だったら、任せて！」

「おい、勝手に話を進めるな」

ややこしくなるだろう。

俺はラビを追い払い、向かいにダークエルフを座らせた。

「クエストでしょうか?」

「いえ……、あ、これです」

転職斡旋の案内をダークエルフは指差した。

ダークエルフなら覚えていないはずがないので、普段はここ以外を拠点にしている冒険者だろう。

「転職斡旋をご希望でしたか。それでしたら、ここを拠点にしてない方ですと、他の職員から紹介状が必要です。本日はお持ちでしょうか?」

「はい、これを」

筒状に巻かれた書状と冒険証を見せてくれた。

名前はハンバード・ゲシュテンオルグ。Bランク冒険者。種族は、見たままだな。

「Bランク冒険者様でしたか。転職となると、一定期間以上は、斡旋先に勤めていただく必要があります。よろしいですか?」

「はい。大丈夫です。もう、辞めてもいいんです」

もったいない、としか言えない。

ダークエルフは、エルフ以上に珍しい種族だ。森を住処《すみか》とするエルフと違い、ダークエルフは、場所を選ばない。人里離れた高山地帯や砂漠地帯など、およそ住処とするには過酷な地域で暮らすことが多い。

編み出された種族独自の魔法は癖が強く独特そのもの。

対人では対処が難しく、敵にいると吸血族並みに非常に厄介な種族だった。

「僕、あんまり、しゃべるのは、得意じゃなくて……」

「はい」

「この風体のせいで、みんなに怖がられ続けて……」

「奇異の目で見られるのは、承知の上だったのではないですか？」

「はい。最初は、強い、すごい、って言ってちやほやしてくれたんです。でもBランクにもなると、誰《だれ》も話しかけてこなくなって……口数も多くなくて明るい性格でもないから……余計に」

拠点としているギルドでよく見かける高ランク冒険者のダークエルフを想像してみる。

口数が少ないとなると、好んで話しかける人間はまずいないだろうな。

だが、ハンバードの性格は、紹介状にある。

——口下手《くちべた》で種族柄誤解されがちだが、勤勉で手先が器用。

たとえ、冒険者を続けることが適材適所だとしても、本人が嫌になっているものを無理に続けさせたいとは思わない。

「パーティを組ませてほしくても、誰も僕とは……」

「誰かと仕事がしてみたい、ということですか？」

「それもあります。でも、一番は、この見た目です」

見た目を気にしないでいい、か。

それが劣等感に繋《つな》がっているようだ。

「こんな僕でも、平等に扱ってくれるところがいいんです」

紹介状にある達成したクエストを見ていくと、ハンバードがどれだけ有能かわかる。

具体的にどういう行動をとったのか、詳細が記されていた。

これを書いた職員の、ハンバードに対する情のようなものが感じられる。

冒険者として優秀なのはいいが、本人が辛そうにしているのを見ていられなかったんだろう。

「鍛冶屋はいかがでしょう？」

「鍛冶屋？」

思ってもみなかった提案だったようで、ハンバードは首をかしげた。

「見学してみますか？」

提案すると、戸惑いながらもうなずいた。


ラハティの町外れに鍛冶屋の工房はある。

ここで作られた物は工房で売っているものもあるし、町の武器屋で売られることもある。もしくは、武器商人が各地で売ることもあった。

「有名な、工房ですか？」

「そこまで知られていませんが、腕は確かです」

工房の入口をノックすると、扉が開いた。

中から眉間《みけん》に皺《しわ》を作った老人が出てきた。

相変わらず機嫌が悪そうだ。

ちらりと俺の後ろにいるハンバードに目をやった。

「転職斡旋の件です。見学だけさせていただいてもよろしいですか」

「……ああ」

言葉数は少なく、案内するでもなく、ついてこいと言わんばかりに背を向けて行ってしまう。

「職員さん、大丈夫でしょうか。すごく怖そうな人です」

「ハンバードさんもそうなんですよ」

「え？」

「人は見た目で判断してしまいがちですから」

自分の発言を恥じるように、すみません、とハンバードが小声で謝った。

主人のあとを追いかけ、工房の中に入る。

「代わりに説明すると、刃物や刀剣類を主に扱っています」

何も言わず、途中だった作業を開始する主人。

黙々と手だけを動かしている。

ほとんど客は工房に足を運ばないのだろう。売り物として置いてある武器は、埃《ほこり》をかぶっていた。

思わずといった様子で、ハンバードが弓を手にする。

気になったのか、一度手を止めて、主人がハンバードに目をやった。

「……」

「あんちゃん、弓、できるかい」

「え？　僕、ですか？　弓、できる？」

俺が補足した。

「弓を作れるか、と主人が」

「ああ。ええ、それなら、もちろん」

「……材料はここにある。作ってみてくれるか」

「あ、はい」

主人は、素材のいくつかを顎《あご》で示すと、ハンバードが手に取り、さっそく取りかかった。

弓を得物《えもの》とするニール冒険者が以前言っていた。

『あそこ、いい剣作るんですよ。けど、弓は微妙っつーか。修理もできなくて。オレのこれも、王都のほうに行ったときに買ったやつで、修理もよその町でやってるんです』

作る剣が一流だからといって、同等の弓が作れるわけではない。

武器の性能はもちろん、製作過程もまったく別物。

最初、主人は斡旋を渋ったが、弓の話をすると、要望も多かったのだろう。

案外すんなりと承知してくれた。

色黒でもエルフはエルフ。手先が器用という紹介もまさしく本物で、ハンバードは手早く弓をひとつ作ってみせた。

「小回りが利く速射を目的としたものと、あとは……」

早口で何かをしゃべりながら、手を動かしていくハンバード。専門的な用語もいくつかあり、ほとんど聞き取れない。

「こっちは強弓で、引ける人に限りがありますけど、射程が長くて一撃の威力も高いです」

ふうん、と主人が唸《うな》る。

ふたつを順番に手にして、弦の具合を確認した。

「……来たかったら来な」

きょとんとしているハンバードに、俺は補足した。

「雇っても問題ないそうです。どうしますか？」

「いいんですか？」

ハンバードが主人に尋ねると、無言のまま小さくうなずいた。

「じゃ、ぜ、是非お願いします！」

細かい話は二人に任せて、俺は工房をあとにした。

あの仕事なら、種族でどうこう言われることもないだろう。

接する相手は、ハンバード以上に愛想のない主人だけだし、あれならハンバードはまだ可愛《かわい》いものだろう。

「兄貴。武器屋で見かけたんですけど、ラハティ製の弓、なんかめちゃくちゃ良くなってて――」

ハンバードが順調に仕事に馴染《なじ》みはじめた頃《ころ》だろう、ニール冒険者が世間話ついでに弓の話をした。

「あそこの職人さん、弓師としても成長したらしいです」

ダークエルフが作っているとも知らずに、ワケ知り顔でそんなことを言った。

3　査察官の職員

朝出勤し、アイリス支部長からあとで部屋に来るように、と朝礼の最後に伝えられた。

こういうふうに呼び出されるときは、大抵何か別案件の仕事を与えられるときだった。

ギルドが開館し、冒険者がちらほらやってくる。俺を指名する冒険者はいなかったので、席を立った。

「支部長、何のお話なんでしょうね？」

支部長室へ行こうとしている俺に、ミリアが話しかけてきた。

「ま、まさか、立場を利用してロランさんを無理やり食事に連れていく気じゃ……ぱ、パワハラですからね、ロランさん、それ」

先輩らしく俺のことを心配してくれているようだった。

「職権濫用をするような人ではないですよ、ミリアさん」

「むむう……その信頼感がミョーに怪しいです」

ジト目をするミリアに会釈をして、支部長室へ向かいノックをして中に入る。

「失礼します」

「いつも呼び出しちゃってごめんなさい」

いえ、と俺が首を振ると、支部長席の向かいにあるソファをすすめられたので腰かけた。

「余所《よそ》の支部を中心に活動している冒険者の話で、ちょっと気になることがあって」

「気になること、ですか」

ええ、とアイリス支部長が続ける。

「報酬が安いそうなのよ」

「それは、単なる愚痴ではないのですか」

「その程度ならわざわざあなたを呼び出したりしないわ」

「通常業務とはまた違う仕事ですね」

俺が肩をすくめると、まあねとアイリス支部長は苦笑する。

「報酬は、クエストランクに応じて。これが原則のはずです」

「聞いた話によると、クエストによっては一割から二割ほど安いみたい」

「それは場合にもよるでしょう。常に一律というわけには……」

いや、こんなことはアイリス支部長は百も承知だろう。それでも問題視する何かがあるということか。

「依頼主都合なのか、それとも別の何か原因があるのか、調べてもらえないかしら」

「どうして支部長が調査を?」

わざわざ他支部のことを気にかけるとは珍しい。

「そのことを教えてくれたのが、昔から私がお世話になっているSランク冒険者なのよ」

「なるほど。数少ないSランクの覚えをよくしておきたい、と」

わからない話でもない。

Sランク冒険者が必要なクエストはなかなか発生しないが、必要なときは、ギルドから直接声をかけることが多い。災害級の魔物を退治したり、群れを退治したり、クエスト報酬は個人で用意できない額になることが多いので、そういった場合はギルド公式のクエストとなる。

「私の都合でごめんなさい。マスターには報告しているのだけれど、ちょっと忙しくて手が回らないみたい」

「支部長個人というよりは、ギルド都合でしょう」

「理解が早くて助かります」

ふふ、とアイリス支部長は微笑《ほほえ》んだ。

「何が原因なのかわからないから、慎重にお願い」

「承知しました。表の冒険者にはなったことがなかったので、支部の調査を兼ねて冒険者になってみたいと思います」

「ロランが？　あははは。いいわね、それ」

俺の提案はアイリス支部長には好評だったようだが、気になることがあったのか、小首をかしげた。

「表って何？」

「いえ、何でもありません」

「これが終われば、ご飯奢《おご》るから。ね？」

「それは――」

「ライラちゃんも一緒！　そ、それならいいでしょ！」

俺がこの手の誘いを断り過ぎたせいか、アイリス支部長も学習して予防線のようなものを張りはじめた。

「わかりました。それでしたら、ライラも一緒に是非行きましょう」

「『一緒に』をやけに強調するじゃない」

アイリス支部長は複雑そうな表情をしていた。


都市イーミルの支部へと俺はやってきていた。

以前地下闘技場を運営していたモイサンデル卿《きょう》が統治していた王都に次ぐ大都市だ。

訪れるのはあれ以来だが、ランドルフ王が派遣した貴族とやらは新領主として上手《うま》くやっているようで、町ゆく領民の表情は、以前とは比べ物にならないほど明るかった。

イーミル支部のギルドは往来の中央にあり、場所を聞くまでもなくすぐに見つけられた。

支部は三階建ての立派な建物で、平屋作りのラハティ支部とは大違いだった。

暗殺者でもなくギルド職員でもない何かになるのは久しぶりだな。

「いらっしゃいませ。冒険者ギルドははじめてですか？」

中に入ると、案内係の女性職員がそう尋ねてきた。

きっと俺が見慣れない顔だからだろう。

「はい。冒険者になろうと思って」

「でしたら、三階へどうぞ。そこで受付をして、試験官による試験を行い、資格アリと認められれば冒険者となれます」

ありがとうございます、と一礼し、最上階の三階までのぼっていった。

似たような作りの事務室にカウンターだ。目についた職員に用件を伝えると、奥から男性職員が出てきた。以前は傭兵《ようへい》か何かをやっていたのだろう。制服がまったく似合わないその男の顔には、小さな刃傷がいくつもあった。

「冒険者になりたいって？」

「はい。よろしくお願いします」

先ほど書いた受付票を試験官は読み上げていく。

「ソラン……二三歳、特技は……なし、と……」

すると、がしっと肩を掴《つか》まれた。

「悪ぃことは言わねえ。やめときな」

「え？」

「なんかワケありなんだろ、兄さん」

「はい」

「二三歳にもなって、冒険者っていうのは、まあまず大成しねえ。特別なスキルや特技があれば別だがな。コツコツと働いたほうがいい。な？」

うんうん、とうなずきながら試験官は言う。

風貌《ふうぼう》のイメージとは違い、意外と親切で話す内容はまともだった。

「ですが、ここで冒険者になりたいんです」

はぁ、と試験官に大きなため息をつかれた。

「このあと、魔力検査な。それで問題なかったら、実戦。オレとだ。そこで見込みありと判断したら、合格」

「はい。承知しています」

「物腰が丁寧なのは構わないんだが……なんつーか、冒険者って感じしねえんだよな、兄さんは」

ボリボリと頭をかく試験官。

「本当なら、ここでサヨナラなんだけどな、オレの独断で。ただ最近規定が変わってよ、魔力値やそのときの力だけじゃなくて、性格や将来性みたいなもんも加味しなきゃなんねーんだ。面倒くせえったらありゃしねえ」

辟易《へきえき》するように愚痴を言うと、俺は小さく頭を下げた。

「すみません」

俺が冒険者試験官の講師を以前してから、基準が改定された。

試験官はきょとんとした顔をしたが、とくに気にせず、試験を進めることにしたようだった。

持ってきたのは、お馴染みの魔力測定用の水晶だった。

「手をかざして――」

指示通り、手をかざす。

Fランクからスタートしては、情報を集めるのに時間がかかりそうだ。

噂《うわさ》を訊《き》き出そうにも、駆け出しのFランクを中級以上の冒険者が相手にするとは思えない。

俺が試験官をしているときは合格者は常にFランクスタートだが、独断で開始ランクを上げることができる。

「三万を出したら、最低でもCランクからスタートさせてください」

「うはははは！　三万って兄さん、それができたなら幼少から教育を受けたエリート魔法使いだぜ？　わかってんのか？　まあ、いいぜ、できるもんならやってみるといい！」

水晶に向けて魔力を放つ。

本気を出してしまうと数値が計測できないので、加減はしておく。

「ぬおおおお⁉　こ、この光はッ⁉」

水晶が強く輝き、数値を浮かび上がらせた。

ん。ぴったりだ。

「さ、三万ちょうど⁉　兄さん、あんた一体何者――」

「さあ。次に行きましょう」

「淡々としてる⁉　もうちょいなんかリアクションねえのかよ……」

唖然《あぜん》としている試験官を俺は促した。

次の実技試験は何をすればCランクになれるだろう、と考えながら歩いていると、ガシッと試験官に腕を掴まれた。

「そうスタスタ先を行くなって」

「すみません」

手順や流れがわかっていると、丁寧にしてくれる説明も無駄に感じてしまう。

「Cランクでいいのか？」

「はい。実技も、それくらいの力で調整するつもりです」

「何だ調整って……」

目まいをこらえるかのように、試験官はこめかみを押さえた。

「魔法は？　何ができる」

「初級魔法をいくつか」

「中級以上は？」

「相性が悪いのか、どうにも上手く扱えず」

「魔力だけはあるが、魔法として消費することはできない、と？」

「魔族の魔法でいいのなら、使えます」

『シャドウ』を複数体出してみせると、個々を操り踊らせてみせた。

「そっちのがすごいわ……ええい、座れ座れ！」

実技は？　と首をかしげる俺を試験官は元の席に着かせた。

「実技はいい。ていうか、今見た。……なんというか、そこらへんにいる平凡そうな兄さんのはずなのに、『人は見かけによらない』の典型例のように感じる」

そうだろうかと思うが、試験官の経験則に基づく勘が働いたようだ。

「Cランクで冒険者をはじめたい理由があるんだったな。調整っつってたから、わかるぜ」

「……」

「ああ、いい、いい。これ以上は詮索《せんさく》しねえ」

両手を上げた試験官。話のわかる男でよかった。

「ソラン……あんたが何者かは訊かない。ここはかつて大貴族のモイサンデル家が治めた大都市だ。現領主の様子を探りに誰《だれ》かしらやってきても、不思議はない」

どうやら俺のことを、現領主の素行を調べるために派遣された調査員とでも思っているらしい。

「このギルドは長いですか」

「オレぁ、まあそこそこ。一〇年ほどか」

長いな。

であれば、長年やっている冒険者にも顔が利くだろう。

ほいよ、と出来上がった冒険証を渡してくれた。

ランクのところには、Cと刻まれている。

「オレの顔を潰《つぶ》すことはすんじゃねえぞ?」

シシシシ、といたずらっぽく笑い、ベシベシと俺の肩を叩《たた》いた。

気のいい男だ。

それからギルドの使い方を説明しようとしたので、俺は不要だと言って断っておいた。

「パーティに入ったり、誰かと組んでクエストをしたいんですが、僕を相手にしてくれそうな方っていらっしゃいませんか？」

「ソランは何ができるか未知数なんだよなぁ。さっき一応見たけど、あれじゃまだ情報不足だ」

「他には、幻覚を見せたり、魔力的な効果を解除したり――」

「ああ、もういい、もういい、腹いっぱいだ。珍しい魔族魔法使いってことにしとくか」

今挙げた魔法だと、支援系の魔法使い……と思われるだろう。

さらさら、と何かを書いた試験官。どうやら推薦状のようなものらしい。

「これをオーランドっつー冒険者に渡せ。バカみたいにでかい大剣を持ってるやつだ。そうすりゃ組んでくれるはずだぜ」

「ありがとうございます」

もらった推薦状を懐に入れ、俺は試験官と握手をした。

「僕が魔族の手先で悪事を働こうとしていたらどうするんですか？」

「そんときゃ、おまえを殺してオレも死ぬ」

カカカと喉《のど》の奥で愉快そうな笑い声をあげた。

他人を信用するには早すぎると思うが、それがこの試験官の人間的な魅力なのかもしれない。

三階をあとにして、中級以上の冒険者専用の窓口があるらしい二階へ下りた。

すると、さっそく大剣を背に担ぐ冒険者を発見した。

あれがオーランドか。

報告をしに来たようで、証拠となる素材を渡し、鑑定待ちのため空いたソファに座ろうとしていた。

「オーランドさんですか?」

華奢《きゃしゃ》なせいか背負った大剣で体が見えず、後ろから声をかけると、ほとんど大剣に話しかけているのと同じだった。

やがてこっちを振り返り、うなずいた。

オーランド……名前からして男だと思ったが、女だったか。

しかもエルフ。

きょとんとした表情をしている。

「組んでくれる方を探していて。試験官の人に、これを渡せば組んでくれるかもしれない、と」

推薦状を渡し、目を通すと驚いたように書面とこっちに何度も視線を往復させた。

「ダン、推薦……とおーっても、珍しい」

「そうでしたか」

ダンというのがあの試験官の名前のようだ。

「新人さん、なのに、Cランク」

「はい」

「すごい」

言葉は少ないが褒めてくれる。

オーランドの冒険証を先ほどちらりと見たが、Sランクだった。

もしかすると、このエルフがアイリス支部長の言っていた冒険者か？

「組む」

「ありがとうございます。精一杯がんばります」

「よろしく」

俺の知っているエルフといえば、あの口やかましいおバカなエルフしかいない。物静かなエルフもきちんといるらしい。

「オーランド・フェーグリーさん。鑑定が終わりました」

職員から案内があり、オーランドが席を立ち報酬を受け取る。

仕草のひとつひとつは軽快で、背に大剣なんてないかのような動きだ。

すぐにオーランドが戻ってくるかと思ったが、なかなかカウンターから離れない。

次のクエストを受けているのだろうと思ったが、納得いかなそうな表情でこちらへ戻ってきた。

「どうかしましたか」

「報酬、提示された額より、少ない」

話を聞くと、受けたのはBランククエスト。だが、三割ほど少ない額になったという。

「手数料、報告までの時間、それが減った理由」

「オーランドさんだけ？」

「たぶん」

そう言ってオーランドはしょんぼりした。

クエストの内容と提示された本来の報酬額を訊いてみたが、おかしな点はない。

アイリス支部長の話を聞いたときは冒険者の愚痴かと思ったが、ギルド側に問題がありそうだ。

「コンビ結成の、お祝い」

何が言いたいのかわからず、ギルドを出ていくオーランドについていくと、食堂へやってきた。

葡萄《ぶどう》酒を中心に料理をたくさんオーランドは注文した。

親睦《しんぼく》会のつもりのようだ。

杯を手にすると、それを控えめにお互いぶつけ合った。

「これから、頑張ろう」

「はい」

「ワタシが、払う。安心して」

「いえ、出しますよ。このくらいは」

「嬉《うれ》しい」

俺のおごりだとわかるや否や、杯を空けるペースが増した。

オーランドは色白の顔を赤らめて、ぷーっと膨れた。

「飲み仲間にも、文句、言ってる。ギルドの、ちょっとだけ偉い人」

ギルドのちょっと偉い人というのに、思い当たる人物が一人いる。

「飲み仲間に言っても、仕方ないのでは？」

「そう。仕方ない。でも、なんとかするから、って言った」

そして俺が今ここにいる、と。

「稼ぎが減るのなら、余所《よそ》の町へ行けばいいんじゃないですか？」

「……余所、高ランククエスト、ほとんどない」

それもそうか。

大都市なら、様々な種類のクエストが集まる。

俺がいるラハティ支部では、Bランククエストは、月に一度あるかどうかだ。

話を聞いていくと、イーミルはBランク以上のクエストが週に二、三度はあるという。

職員の暗黙の了解として、高ランク冒険者には低ランククエストを斡旋《あっせん》しないことになっている。

Sランク冒険者には何かあったときにすぐ動いてもらう必要があるし、低ランク冒険者の仕事がなくなってしまうからだ。

地道に情報を集めていく予定だったが、試験官のおかげで思わぬ情報源に辿《たど》り着《つ》けたな。

「誰《だれ》の指示かはわかりませんが、調べたほうがいいでしょう。危険に身を晒《さら》して報酬を得る仕事です。誰かが掠《かす》め取っていいものではありません」

それからオーランドは、親睦会の支払いが俺だからといって、まだ昼だというのに呑《の》みに呑んだ。

いつもこうなのか、はりきっているからなのかはわからない。

フラフラになったオーランドが、椅子から転げ落ちそうなところを手を伸ばして支えた。

「呑みすぎではないですか？」

真っ赤《まか》になった顔で俺をちらりと見ると、小声でぼそっと言った。

「イケメン……緊張、する……」

「誰のことを言ってるんですか」

会計をその場で済ませ、手を貸そうとすると、ふるふる、と首を振って一人で立ち上がった。

「知ってる。イケメンの手、触ると……妊娠する」

「イケメンではないので、たぶんしないですよ」

そうだったとしても妊娠はしないが。

言うことを聞かないオーランドは、一人で立ち上がり、店を出ていく。

不安に思っていると、大剣の重みに耐えかねて、べちゃっと道にキスをした。

肩を貸して通りを歩き、どうにか宿屋を訊《き》き出して、連れて行った部屋のベッドに寝かせる。

一応明日の朝迎えに来ることを伝えたが、きっと覚えていないだろう。

ランクが上がるほど横柄な態度を取る冒険者は多い。

だがオーランドは違った。

彼女をアイリス支部長が贔屓《ひいき》にしたいと思うのも納得がいった。

オーランドは、何かあっても文句を言いそうにない……ように俺には映った。

物静かで自己主張をあまりしないタイプだ。だから、搾取の対象になっているのかもしれない。

外はまだ明るく、陽《ひ》が落ちるまでまだ時間があった。

俺は再びギルドへ戻り裏手へ回った。

勝手口らしきところから、男性職員が一人出てくる。

首筋に軽く手刀を落とすと、ガクッと脱力したので、支えて物陰に連れていった。

「借りるぞ。すぐに返す」

服を交換し、制服に着替えた俺は、勝手口から中に入った。

はじめて入ったときに思ったが、職員が多い。ざっと見たところ、一〇〇名はいそうだ。

あれなら一人二人見慣れない者がいても、誤魔化《ごまか》しが利くだろう。

ギルド側に問題があるとすれば、クエスト票に何かしら指示が書いてあるのかもしれない。

支部は違えど、仕事内容が同じだからか、書類のしまってある場所はすぐ見当がついた。

オーランドが担当したクエストを中心にクエスト票を漁《あさ》っていった。

「何してんの？」

男性職員に怪訝《けげん》な顔で話しかけられた。

「先日から一階に配属されたんですが、担当冒険者のクエスト票が、誤ってこちらに混ざってしまって」

と、適当な嘘《うそ》をついておく。

「あー。あるある」

よくあるミスらしい。

手伝おうか、と申し出てきたが、丁寧に断っておいた。

「二階はCランク以上だから、気をつけろよー？」

俺が愛想よく会釈を返すと、親切な男性職員は去っていった。

ここ数か月のオーランドのクエスト票を集めると、どれもBランク以上のクエストだった。

報酬額はクエストに応じた額になっていて別段おかしな点はない。

ただ、裏を見ると、エルフとだけメモ書きしてあった。

「……」

もしや、と思い、束になっているクエスト票の裏だけを見ていくと、人間以外の種族名が書いてあった。

ラハティ支部では、わざわざこんなことはしない。

「何でだよ、おかしいだろ！」

「ですが……規定の時間を大幅に超えていますし……減額は致し方ないかと……」

カウンターのあたりが騒ぎになっているので、気になって耳を澄ませていると、どうやらオーランドのようにおかしな理由で減額をされた冒険者がいるようだった。

「二度と来ねえからな！」

背をむけて床を踏み鳴らして去っていったのは、ドワーフの冒険者だった。

王都のギルドとこのギルドで、はっきりとした違いがあった。

亜人種の冒険者がここにはまったくいない点だ。

大都市になればなるほど、多様な種族が集まってくる。

だが、王都に次ぐ都市にあるこのギルドに、彼らの姿は見えない。

「ごめん、これ、そのファイルにしまっておいてもらえる？」

先ほどドワーフの冒険者を担当した男性職員は、さっき俺に声をかけてきた人だった。

ふたつ返事をしてクエスト票を受け取った。

「怒ってましたね、あの人」

「まあなー。でも支部長の指示だし、こっちもどうにもできねえんだよなー」

支部長の指示か。

渡された受付票の裏には、ドワーフと書いてある。

減額は、ほとんど言いがかりのような不当なもの。

どうして減額しているのかも、予想ができた。

種族差別は戦前ではよく見かけたが、いまだにいるらしい。

クエスト票の数枚を持って、俺は支部長室をノックした。

「支部長、少々お話があります」

「何の話だ」

「報酬額の件です」

そう言うと入室の許可が得られた。

中に入ると、中年太りをした支部長は、俺の顔を見て不審げに片眉《まゆ》を上げた。

「見慣れない顔だな」

「つい先日配属されたばかりでして」

覚えていない職員ばかりなのだろう。俺の適当な言葉を鵜呑《うの》みにしたようだった。

「エルフやドワーフ、獣人……亜人種の冒険者は、報酬を減額すればいいんですよね」

「そうは言ってない。そんな乱暴な。ムハハ」

くぐもった笑い声を漏らしながら、支部長は、たるんだ顎《あご》を触る。

「私はただ『上手《うま》くやれ』と言っているだけだ。どうであれ、気に入らなければ、余所《よそ》へ行けばいいだけの話。斡旋してやっているのだ。人もどきにな」

……すべての亜人種を敵に回す魔法の言葉だ。『人もどき』は。

久しぶりに聞いた。戦前も差別主義者がよく使った言葉だ。

「適正な報酬を与えたほうが、ギルドにとっても冒険者にとっても利益のあることだと思うのですが」

「人もどきに同じ扱いをする必要はない。なんなら、君も減額チャレンジしてみるか？　より多く減額させられたなら、小遣いにしていいぞ」

ムハハ、と愉快そうに二重顎を揺らした。

「この件は、マスターに報告させてもらいます」

「マスターだぁ？　ハン、面白いことを言う。君のような正義漢ぶった輩《やから》はときどき現れるが、小遣いの稼ぎ方を覚えると、すぐに前言を撤回する。私に謝罪をしながらね」

　元の領主がロクでもないせいか、支部長までこうだったとは。

「報告でも何でもするがいい」

「そうさせていただきます」

「ただな。おまえのような一職員の戯言と、都市イーミルを預かる支部長の言葉、マスターはどっちを信用するだろうな⁉」

「大規模クエストで、バーデンハーク公国にギルドを作ることになった話はご存じですか」

「ああ。……それが何だ」

「その大規模クエストを一任された職員の言葉と、差別主義者の言葉、マスターはどちらを信用するでしょう」

　支部長は、言葉の真意を考えるかのように真顔で静止していた。

「では、用件は以上ですので失礼します」

　一礼して踵《きびす》を返そうとすると、ガンとかゴンとか音を立て、机やソファに足をぶつけながら、慌てたように支部長が俺を捕まえに来た。

「まま、まま、まあ、まあ。まあ、まあ、まあ、まあ、まあ、まあ、まあ、まーーーー。落ち着きたまえ。座ろう、そう、まずは座ろう。何が望みだ？　うん？　私が推薦してやろう。支部長にだ。私が口添えすれば一発。な、キミにとってもいい話だ。それでいいだろう、ん？」

「この支部の職員ではないので、たぶんできないと思いますよ」

「んんん？　それは、一体……？」

「どうであれ、個人的な思想を仕事に持ち込み差別したことに間違いはありませんので、報告はさせていただきます」

肩に乗せられていた手を払って、俺は支部長室をあとにした。

「待て！　待て――――！　私をどうする気だぁぁぁぁぁぁあ⁉」

『影が薄い』発動。

「あ、あれ？」

完全に見失っているのを確認し、俺は手近な窓から外に飛び降りた。

「き、消えたぁぁぁぁぁぁぁぁあ⁉　まぼろしぃぃぃぃ⁉」

うるさい男だな。

「そ、そうか、夢か！」

だといいな。

俺はまだ眠っている職員と再び服を交換し、証拠のクエスト票を持って、王都へ転移した。

本部にいたタウロを捉《つか》まえ、事と次第を一から報告した。処遇に関しては任せると伝えておいた。

翌日、オーランドと共にギルドへ行くと、あの支部長が青い顔でちょうど何人かに連れていかれるところだった。

「？」

首をかしげるオーランドに、俺は言った。

「もう不当に減額されることはないと思いますよ」

「そう？　なら、嬉《うれ》しい」

言葉の通り、クエストを一度達成し報告すると、設定されたそのままの額が支払われた。

「ちゃんともらえる。どうして？」

「さあ。ですが、これが『普通』です」

とオーランドに言っておいた。

この町での用件は片付いたので、俺はオーランドに正体を明かし、素性を隠していたことを詫《わ》びた。

「ソラン、職員、だった？」

「はい。アイリス支部長の部下です」

「アイリス！」

すぐ誰か思い浮かんだらしい。

知り合いのギルドのちょっと偉い人というのは、やはりアイリス支部長のことだったらしい。

「あなたのお話はアイリス支部長から伺っています。またどこかで会うでしょう」

「……うん。今度そっちに顔出す」

俺は小さく頭を下げ、オーランドと別れた。

解決したことをアイリス支部長に報告すると、結果を喜ぶとともにオーランドとのことを訊かれた。

「て、手は出してないわよね……？」

「……僕を何だと思っているんですか」

「エルフは飛びっきり美人だから……それにあの人、呑《の》みはじめたら潰《つぶ》れるまで呑んじゃうし」

さすがは飲み仲間。よく知っているようだ。

「容姿が整っているというだけで手は出しませんし、酒で潰れている女性にも手は出しませんよ。それに、潰れた女性にわざわざ手を出す必要もありませんから」

俺の発言に「ん？」とアイリス支部長は引っかかったようだ。

「お酒が入ろうが入ってなかろうが、あなたはフリーパスってこと？」

「さあ。ご想像にお任せします」

俺が答えると苦笑していた。

「今さらだけれど、とんでもない部下ね、あなた」

「いえ、『普通』の部下です」

「譲らないのね……。あ、それはそうと、ライラちゃんにお礼を言っておいてちょうだい」

「ライラに、ですか？」

「言えばわかるわよ」

俺がいない間に何かあったらしいが、お礼を伝えるときに訊《き》いてみるとしよう。

4　魔王様の一日ギルド職員

◆ライラ◆

ロランはアイリスにもギルドマスターにもいいように使われ過ぎではないのか。

また特殊な頼まれ事があったらしく、内容はライラに教えないまま家を不在にしてしまった。

「少しくらい断ればよいものを」

ぼそっと言うライラは、町の朝市へとやってきていた。

新鮮な野菜や肉が売られている市場で、食材を選んでいると、見るからに具合の悪そうなミリアがフラつきながら冒険者ギルドのほうへ向かっていた。

「おい、ミリア。そなた、体調が悪いのではないか？」

「あ。あぁ……妾《わらわ》さん……」

いつもは春の日差しのような笑顔を覗《のぞ》かせるミリアは、どんよりとした表情で、返事をするのもやっとという様子だった。

「仕事か？　具合が悪いのなら休むがよい」

「でも、きょ、今日はロランさんがいないみたいですし、わたしまで休んじゃうと」

「そのようなもの、どうとでもなる」

うむ、と自信たっぷりにライラは言い切った。

「妾がアイリスに伝えてやろう。そなたはこのまま帰宅せよ」

「うぅ、でもぉ……」

こんなになってまで仕事をしようとするミリアが、ライラには理解できなかった。

「そなた一人いないところで組織は揺るがぬ。一兵卒風情がおこがましいぞ」

ライラなりに休んでも問題ないと伝えたつもりだったが、ミリアは少しへコんでいた。

「そ、そうですよね……わたし程度がいないくらいで……ギルドは通常営業ですよね……」

フラつくミリアが心配だったので、ライラは家まで送り届けると、アイリスにこのことを伝えるためギルドへ向かった。

閉館を示すように、ギルドの扉は開いていない。

「アイリス、アイリスはおらぬかー?」

扉を叩《たた》くと、うっすらと隙間《すきま》ができ、男が顔を覗かせた。

「まだギルドは開いてねーの、お嬢さん」

この男、見覚えがある。

ロランの先輩職員にあたる、モー……なんとかだ。

「モーガン、そなたか。アイリスを呼んでほしい。至急伝えねばならぬことがある」

「モーガンじゃねえ。オレはモーリーだ。支部長に用事？」

怪訝《けげん》そうにモーリーが目を細めると、扉がまた少し開いた。

「あ。赤い人じゃねえか……」

「赤い人？」

ライラが首をかしげる。

おほん、と扉の向こうで咳払《せきばら》いが聞こえ、キメ顔でモーリーが出てきた。

「赤いお嬢さん。オレがあなたをエスコートしよう」

「ふむ。ではよろしく頼む」

開館間近の室内では、みんな自分の席で仕事の準備をしているようだった。

「支部長に何の用？」

「ちょっとしたことだ」

「どこ住んでるの？」

「なぜそなたに言わねばならぬ」

「今度オレと一緒に――」

「断る」

取りつく島もなく、ライラはモーリーの質問をシャットアウト。

「あら。ライラちゃん。どうしたの」

支部長室からアイリスが出てくると、意外そうに眉を持ち上げた。

「モーガン、そなたは下がってよいぞ。案内ご苦労であったな」

「だから、オレはモーリーだって。まあいい。いつかその強気な態度が、オレの前じゃしおらしくなるって考えると、そそるぜぇ……」

羽虫のごとき男が何を言おうと、ライラはまるで取り合うこともなく、無反応だった。

ロランとの関係を知っているアイリスは、呆《あき》れたようにため息をついた。

「モーリー、あなた仕事の準備は終わったの？」

「いや、今やろうとしてたところに、この赤いお嬢さんが」

「言い訳は結構。早く行きなさい」

「っす……」

顎《あご》を前に突き出すような会釈をして、モーリーは事務室のほうへ戻っていった。

「それで、どうかした？」

「ミリアの体調が酷《ひど》く悪く、今日は仕事を休む」

「え？　今日!?　ろ、ロランもいないのにっ!?」

アイリスの表情が曇る。

「何かマズいことでもあるのか？　たった二人であろう」

「そうなのだけれど、さっき同じように体調不良で休むって別の職員から連絡があったばかりなのよ」

「むむ。となると、手が足らぬのか」

「ええ、そう。よっぽど手が足りなければ私も受付業務をするときがあるけれど、そればかりをやっていられないし、そのうち一人はモーリーだから……」

ライラもことの重大さがようやくわかってきた。

「それでは、いつもの半数ほどで業務をこなさねばならぬのか」

「そういうことよ。終わったわ……」

天を仰ぐアイリス。

「久しぶりに残業なしで帰れると思ったのに」

よくよくアイリスの顔を見てみると、疲れが目元や肌に出ていることがライラにもよくわかった。

支部長という仕事は、なかなかに大変らしい。

ライラはうなずき、胸を叩いた。

「心配はいらぬ。アイリスよ、妾に任せるがよい！」

「え？」

「ロランの仕事ぶりは、妾も大いに知るところ。代理職員として、一日勤めあげてみせよう！」

「だ、大丈夫かしら。不安しかないのだけれど」

暇なときは、黒猫になりロランの足下で仕事を観察していたのだ。

一見して難易度の高いことをしているようには思えず、また職員しかできないような専門性のある内容でもないように思えた。

「ううん……こうなれば、背に腹は代えられないわね……！」

アイリスが腹をくくると、「こっちに来て」と手を引かれ、支部長室へとライラは連れていかれた。

そこでライラが渡されたのは職員の制服だった。

「ほうほう、これが」

感心しながら、ライラが袖《そで》を通す。

鏡の前で前後を確認し、シャツの内側に入っていた髪の毛を外に出す。

「ライラちゃんが着ると、不思議と品が出て高級感も出てくるわね……」

率直に似合っていることをアイリスが告げると、ライラは得意げに鼻を鳴らした。

「妾に、似合わぬものなどない――っ」

似合わなければ、それは服が悪いと言いたげな、絶大な自己評価だった。

「時間がないわ。行きましょう。みんなに状況の説明と、ライラちゃんを紹介しなくちゃ」

つかつか、と部屋を出ていくアイリスが、ちらりと振り返る。

「私よりも風格が出ているように見えるのは、気のせいかしら……」

魔王軍を率いたカリスマ魔王には、少々手狭な戦場ではあるが、ギルド職員の戦場であることに変わりはなかった。

「アイリス。妾がいれば、ロランなど取るに足らぬことを思い知るであろう」

「そんなわけないわ。ミリアはともかくね」

ミリアはともかく――。

ぷぷぷ、とライラは小さく笑った。

部屋を出ていくアイリスについていくと、事務室へとやってきた。

アイリスの隣にいるライラを三人の職員が不思議そうに見つめている。

「赤い人」

「町でたまに見かけるあの綺麗《きれい》な子だ……」

「お嬢ちゃん、よく似合ってるぜ。コスプレ？」

アイリスに目を向けられたライラは、簡単に自己紹介をした。

「妾はライリーラという。ライラと呼ぶがよい。今日一日、そなたらの仕事を手伝わせてもらうぞ」

わけがわからなそうにしている職員たちに、アイリスが事情を説明した。

「……というわけで、今日は、ここにいる全員で一日を乗り切るわよ」

男性職員、女性職員とも深刻そうな顔で、今にも頭を抱えそうだった。

「アルガン君、いねえの？　やべえじゃん……」

「え……嘘《うそ》でしょ。回らないいじゃない。ミリアもいないなんて……」

ただ一人、何も考えていない男がいた。

「ミリアちゃぁ〜ん、風邪かなぁ〜？　オレがあとでお見舞いに行かねえと。そんで、体調管理も仕事のうちだぞ、ってキビシぃ〜こと言って、そのあと、今日はゆっくり休みな、ってイケボでささやけば――オチる……」

ぐへへ、と下衆の笑いをモーリーはこぼす。

あまり仕事に真面目《まじめ》な男ではない、と観察していたときから思っていたが、なるほど、アイリスが戦力に数えていないのもうなずける。

「私も今日は受付にヘルプで入ります。それと同時に、ライラちゃんにひと通り仕事を教えるわ。あなたたちは、あなたたちのできることをしてちょうだい」

「「はい」」

「うぃーっす」

例外を除いて三人がピリピリしはじめた。

うむうむ、とライラは満足げにうなずいた。

「戦場の空気はこうでなくてはならぬ。少数で劣勢とあらばなおさらな。弛緩《しかん》しているなぞもってのほかである」

臨戦態勢に入った表情のアイリスは、「以上で、朝礼終わります」と口にする。

女性職員が閉まっていた入口の扉を押し開けると、すでに待っていた冒険者たちがぞろぞろと中へやってきた。

ライラの一日ギルド職員がはじまった。


「ようこそ、冒険者ギルドへ。今日はどのような――」

「そうですね、今日だと、このへんのクエストなら――」

さっそくやってきた冒険者に、職員が対応をしていく。

ライラには見慣れた光景で、仕事内容も知ってはいるが、アイリスが一度手本を見せるというので、その後ろから見守ることにした。

「こちらにもどうぞ」

アイリスが言うと、顔を見合わせた冒険者が、こちらへやってくる。

「今日、ミリアさんは……？」

「今日はお休みをいただいております」

アイリスが説明すると、まあいいか、とアイリスと後ろにいるライラをちらっと見た冒険者は、冒険証を提示する。

それを確認したアイリスは、クエスト票の束から適当なものを取り出し、カウンターで説明をする。

おなじみの流れだった。

「その程度、妾にもできる」

カウンターはあとふた席空いているので、隣に座り、冒険者を呼んだ。

「こちらでもよい。用件がある者はおらぬか」

横柄で上から目線な態度ではあるが、不思議と文句を言う冒険者はいなかった。

「ねーちゃん、見ねえ顔だが、新人か？」

向かいに座った中年冒険者が、冒険証を出しながら言う。

「新人ではない。魔王である」

「ハハハ、こいつぁイキのいい新人だ」

「用件を言うがよい」

「クエストが終わったら、一杯どうだい」

「断る。次――」

「あ、おいおい、待ってくれよ。クエスト。クエストだ。斡旋《あっせん》してくれ」

「最初からそう言え。まったく」

町娘然とした、ほわほわ系のミリアとは真逆と言っていい物腰に、気品ある美貌《びぼう》。

器量よしとはいえ、路傍に咲くタンポポといった風情のミリアと、高貴な薔薇《ばら》を思わせるライラ。

一番の人気があるミリアとは、また違った魅力がライラにはあった。

「怒られちまった……へへ」

苦言を呈しても、怒るどころか、冒険者はデレデレしている。

ライラは、アイリスがしまったクエスト票を持ち出し、斡旋するクエストを探した。

受付待ちの冒険者たちは見慣れない美人職員を、職員たちは不安げにライラの手際を、みんなそれとなく注目していた。

「これでよいな？　妾が斡旋したクエストである。できぬとは言わさぬ」

冒険者と同ランクのクエストをカウンターで見せると、ふたつ返事でうなずいた。

「いいぜ。これで」

「よい返事である。励め。結果を楽しみにしておるぞ」

うむ、とライラはいい笑顔で冒険者を送り出した。

「「「あ、新しいタイプの職員だ……」」」

ライラの業務を注視していたみんながぼそりと声をそろえた。

「ライラちゃん、いけそうね！」

戦力になることがわかり、アイリスの表情が明るくなった。

「妾に任せておくがいい」

「何なのかしら……この有能な子……」

受付業務で一日を過ごすわけにはいかないアイリスは、「じゃあ、頑張ってね」と肩を叩《たた》いて、奥の支部長室へと戻っていく。

「次。次だ。おらぬか」

呼ぶと、主に男性冒険者たちがぞろぞろ、と列をなした。

「どうした。それほど妾と間近で会話がしたいか。致し方のない男どもめ」

嫣然とした笑みを見せると、列を作った男たちは歓喜に背筋をぶるりと震わせた。

魔族の王として君臨したライラだ。

美貌に釘付《くぎづ》けになった小物冒険者の応対程度、あくびが出るほどに簡単だった。

ある冒険者には、

「――その魔物、毒を持っておる。十分用意して向かうのだぞ？」

と、ひと言アドバイスを添えて送り出す。

また自信なさげな冒険者には、

「妾ができると言えばできるのだ。そなたは己が力を信じるのではなく、妾の言葉だけを信じよ」

と、力強く能力を肯定してやる。

「今、好きになりました」

こんなふうにひとめぼれを告白する冒険者もいた。

「妾は、そなたのことは好かぬ。次」

と、取り合うことなく、並ぶ冒険者を捌《さば》いていった。

いつもの半数程度で業務を回すとなれば、負担は倍。男性冒険者の大半をライラが応対しているとはいえ、それでも職員は目の回る忙しさだった。

それもそうだろう。一人だけ暇そうにしている職員がいるのだから。

カウンターの職員は、ことあるごとにその一人に目をやって、嘆くように首を振っていた。そんな様子であれば、ライラもあの状態が正常ではないとわかる。

ライラは受付の合間を見て、モーリーに尋ねた。

「そなたは何をしておるのだ？」

「オレ？　オレぁ、鑑定だよ、カンテー。持ってきたクエストの成果物を、調査するわけ」

「それはどれほど忙しいのだ？」

「クエスト報告がこれからあるから、待ってんだよ」

「少し見聞きしていた妾でもできる受付は、そなたにはできないらしいな」

「んなワケねえだろ」

「ならばやれ。足を引っ張るどころか、戦力として数えられてすらいないのだぞ」

仕事をしながら会話だけは聞いていた職員二人が、あ、と二人に思わず目をやった。誰《だれ》も言わなかったことを、ライラがはっきりと言ってしまったからだ。

「今日は鑑定なの。わかるぅ？　この重要性。オレにしかできねえの」

「それは理解したが、機がくれば優先的にその鑑定とやらをすればよいだけの話」

チッ、とモーリーは舌打ちをひとつする。

「なんと情けない男か」

呆《あき》れ果てたライラは、ゆるく頭を振った。

「言い返せぬとなれば、不貞腐《ふてくさ》れたような顔で舌打ち。来て早々だが、妾にもわかる。みながそなたから距離を取っておるのがな。腫《は》れ物《もの》扱いされて楽しいのか？　それで居心地《いごこち》はよいのか？」

「ただのヘルプで来たやつが、何を偉そうに」

「偉そう、ではない。妾は偉い。当たり前のことを言うな」

「「…………」」

これにはモーリーも他の職員もぽかん、と口を開けた。

「本部から来た人とか……？」

「どうだろう。町でたまに見かけるけど。もしそうなら内偵とか査察とか？」

職員のひそひそ声はモーリーには届かす、イライラと貧乏ゆすりをはじめた。

「オレは、オレの仕事をやろうとしてんだ！　余計な口を出すんじゃねえ、シロートが！」

「その素人《しろうと》に正論を突きつけられて反論できないそなたは、素人以下ではないか」

　ぐぐぐ、とモーリーは歯を食いしばった。

「悔しいであろう。素人とやらの妾にこのようなことを言われて」

「……なことねえよ」

「もし何も感じないのであれば、そのままそうして生きていくがよい。誰にも感謝されず、働きがいもなく、日々を浪費せよ」

　モーリーがうつむいた。いつの間にか貧乏ゆすりは止まっていた。

「……」

「失敗したところで、妾が許す。まわりのみなも、そなたのフォローをする。逆も然りである」

　うぐ、ううう、と呻《うめ》き声をモーリーがこぼす。

「組織とは、そういうものである。何か思うところがあるようだな？」

　肩を震わせ、ぐすん、と鼻をすすった。

「悔しい……ぐやじいです……」

　ぽん、と肩を叩いてライラは優しく声をかけ続けた。

「このような緊急時ですら、戦力として数えないアイリスを見返してやろうではないか」

「あぁ！　そうだな！」

　ごしごし、と目元を袖《そで》でぬぐったモーリーが、ライラの隣に座った。

「窮地をみなで乗り越えようではないか、モーガン」

「だから、モーリーだっつの」

小さく笑ったモーリーが、冒険者を呼び込み、席に着かせ、案内をはじめた。

ライラも座り、冒険者にクエストの斡旋をしていった。


「二五件」

閉館後、モーリーを正座させていたライラは、非常に険しい表情で腕を組んでいた。

「モーガン、何の数字かわかるな？」

「さあ。てか、モーリーだって何度言えば」

「二五件というのは、そなたが何らかのミスを犯し、妾たちがフォローした回数であるっ！」

「いやだってぇ……ミスってもいいって言うからぁ～」

真剣にやった結果だとライラも知ってはいるが、これには、拳《こぶし》をプルプルさせずにはいられなかった。

「何たる態度か……ッ！」

漏れ出た魔力が風となる。魔力風が螺旋《らせん》状にライラにまとわりつき、赤髪が逆立ちはじめた。

「ら、ライリーラさん、落ち着いて」

「そう、そうだよ。喧嘩《けんか》はよくない、よくないから」

どうどう、と二人が宥《なだ》めようとするが、ライラは止まらなかった。

「て、て――程度を知れッ！　この阿呆《あほう》！　役立たず！」

「あーッ⁉　言いやがったな！」

「そなたが足を引っ張るせいで、妾たちは、いや、妾は――死ぬほど忙しかったのだぞっっっ！」

ライラの愚痴が閉館したギルドにこだました。

仕事内容はまだしも、職場の人間関係とやらは、なかなかに大変なものだと思い知ることになったライラは、慣れない疲労を抱えて、終礼を待たずとぼとぼ、と家に帰っていった。

臨時でも何でも、もう二度とするまい、と心に誓った。

◆ロラン◆

俺は帰宅後、アイリス支部長からの伝言をライラに伝えた。

先日、アイリス支部長からの依頼でギルドを留守にしていたとき、俺の代わりにどうやらライラが職員として仕事をしてくれたようだった。

ライラは職員の仕事を間近で見ていただろうし、難なくこなしただろう。

「モーガンは、なかなかクセの多い男よな……」

辟易《へきえき》したような顔でため息交じりにライラは言った。

モーガン……？

冒険者だろうか。

どうやら、その男に苦労をかけられたらしく、頼まれても金輪際仕事はしないと言い切った。

「大変な仕事なのだと妾は思い知った」

俺はそこまで大変だと思ったことはないが、感じ方は人それぞれ。

ライラにとっては、もしかすると魔王をするよりも大変に思えたのかもしれない。

「しかし、何の音沙汰《おとさた》もないな」

何が、と尋ねようとすると、ライラは先を続けた。

「偽ロランの件だ。あやつが国王殺しの暗殺者で間違いないという話だったろう?」

「ああ。それ以外に考えられない」

自分と同じ人間が目の前にいた衝撃はなかなか忘れられない。

「何度目かの確認になるが、本当に心当たりはないんだな?」

「何度も言っているであろう。腕から本人を作り出す魔法なんてものは存在せぬ」

「新魔法の可能性は?」

「ない。断言していい。魔法で複製を作ることと、それそのものを作ることはまったくの別物である。後者はどうやってできるのか、見当もつかぬ」

偽者と戦った感触では、魔法ではなく俺自身だったから、やはりライラが言うように、魔法ではないのだろう。

「となれば、スキルの類いか」

「貴様殿の師匠のように、スキルをコピーするとんでもスキルがあるのだ。なくはないであろうが……」

だがもしそんなものがあれば……。

「どの程度素材が必要なのかわからぬが、それさえあれば死者は死者ではなくなる、ということになる」

「ん。初代魔王でも復活させられる」

「恐ろしいことである」

うむうむ、としかつめらしい表情でライラはうなずく。

「ところでライラ、気づいているか」

「当然。取るに足らんと思って放置しておったが、いかがする」

さっきまであった気配が、すっと消えた。

ここ数日、見られているのを感じていた。

それは俺だけじゃなく、ライラもそうだったらしい。

食事を済ませると、ライラが食器を洗いはじめ、背中越しに話しはじめた。

「三日ほど前か。貴様殿が仕事へ行ったあと何度か視線を感じた。気取られる程度だからその道のプロではないとは思うが、大して戦闘力もなさそうなので放っておいたのだ」

「三日前からか」

そして今日も俺を窺《うかが》うような視線があった。ギルド職員なのだから顔を知っている冒険者の視線だろうと思ったが、質が違った。

観察、監視するような視線だった。

「戸締りは」

「しておらぬ」

「盗るものもないからな」

「と思っておったら、妾の孫の手が」

「盗っ人のほうが、俺の腕を有効に活用してくれたらしい」

ははは、とライラは俺の皮肉に笑った。

「って、笑いごとではないわ！　王が一人暗殺されておるのだ。もしスキルで本人そのものを作れるのであれば、一人とは限らぬぞ」

「生身の両腕がある俺よりも、魔力の腕を持つ俺のほうが強いらしい」

「心配はいらぬ、と」

返事はしなかったが、ライラがぐぬぬ、と唇を噛《か》んでいた。

「さらに強くなったと申すか……。それとどこか自信を感じる」

「ワワークの腕輪のおかげだ」

ライラと俺の偽者なら、どちらが強いだろう、と考えた。

ライラのほうが強くあってほしいが、負けるとなると、それはそれで少し癪《しゃく》だ。

洗い物を済ませたライラと、二人でリビングのソファに腰かける。

「王殺しがただの愉快犯だとは妾は思わぬ。目的はわからぬが、次も何か仕掛けてくるであろう」

それもそうだな、と同意すると、おほん、とライラが咳払《せきばら》いをする。

「今の妾は、魔法が使える。そなたの助けとなることも、やぶさかではない」

「あっさり誘拐されたのに、どの面下げて」

「ぐぬぬぬう」

からかうのはこのへんにしておこう。

「そなたが偽者かどうか見極められるように、合図か合言葉を決めようではないか」

「問題ない。どういうものにする？」

「く……っ」

く？

頬を赤くすると、叫ぶように言った。

「口づけをするのだ妾に！　そなたから！」

「……構わないが、どうしてそうなった」

「最近は妾からばかりである。…………そ……そなたからも、して、ほしい……」

もにょもにょと小声でつぶやいた。

恥ずかしそうに顔をそらすライラの顎《あご》をそっと触り、上を向かせる。

顔を近づけて唇を重ねると、ちゅ、と小さく音がした。

「これでいいのか」

「――い、いきなりするやつがあるか！」

どん、と俺の胸を押し、真っ赤《まか》な顔でぺしぺし、と叩《たた》いてくる。

「ん、わかった。今後は不必要な合図は控えよう」

「ふ、不必要で構わぬ！　どんどんするがよい！」

どっちなんだ。

……そもそも、俺の偽者だとしたら、右腕ですぐわかるだろうに。

とろんとした目をするライラの赤い髪の毛を撫《な》でて、膝《ひざ》に腕を通してお姫様抱っこをする。

「この腕にも慣れて、こういうこともできるようになった」

「そ、そうであるか」

されるがままのライラは、ぎゅっとしがみつくように抱き着いている。

寝室まで移動し、ベッドの上に優しくおろす。首筋にキスをすると、ぴくりと肩が震えた。

「く、くすぐったいであろう……」

ライラの温かい吐息が耳元にかかる。

ボタンをひとつずつ、ゆっくりと外していった。いつからか、ライラは脱がしやすいように、体を少しだけ動かすことを覚えた。

見慣れない新しい下着。

「……な、何だ？」

今夜はその気だったということか。

「いや」

首を振って顔を近づけると、くすっと笑ったライラが顔に手を伸ばしてきた。

「いつ外すのかと思っておったが、忘れておるようだな」

俺が外し忘れた眼鏡《めがね》を取った。

「視力に差が出るわけでもないからな。どうしても忘れがちになる」

ライラは脇《わき》にあるサイドボードに眼鏡を置き、こちらを向くと両手を広げた。

5　仲間として

「あんたも暇ねぇ」

孤児院を訪れたエルヴィを見るなり、アルメリアは開口一番に言った。

「別に、私とて暇というわけではない。ただ、仕事ぶりやここにリーナがいると聞いて、様子を見に来たのだ」

「そういうのを、暇っていうのよ」

呆《あき》れたように口にしたアルメリアは、どこか嬉《うれ》しそうに笑みをこぼした。

「あっちの部屋がちょうど空いているから、そこで待っててちょうだい」

そう言われ、エルヴィは言われた通りの部屋でアルメリアとリーナ、あとまだ来ていないセラフィンを待つことにした。

応接室といった風情のこの部屋には、事務机、三人が腰かけられそうな古いソファ、くすんだ木製のローテーブルが、それぞれひとつずつあった。

光が差し込んでくる窓があり、そこからは、外にいる子供たちのはしゃぐ声や泣き声が聞こえてくる。

勇者王女は、公務の合間にはここにやってきて日々忙しく生活をしているという。

しばらく待っていると、待ち人の三人が一緒に部屋へとやってきた。

「同窓会でもしようってわけ？」

と、アルメリアが不思議そうに尋ねる。

「でしたら、大事な大事なだぁーいじな方がいらっしゃいませんよねぇ？」

のほほんとした口調でセラフィンがあとに続いた。

「ロラン、来る？」

揃《そろ》った面子に、リーナが目を輝かせて誰《だれ》にともなく尋ねる。

パーティを組んでいたときとまったく変わらず、みんな言いたいこと、訊《き》きたいことを口にした。

「エル……あんたんとこ、大騒ぎなんでしょう？　近衛《このえ》隊長だっけ？　こんなところまで、わざわざ油を売りに来たってわけじゃないんでしょう？」

机によりかかったアルメリアが、ゆるく腕を抱いてエルヴィに訊いた。

「近況を知りたいと思ったのは、嘘《うそ》ではない」

「ということは、目的はちゃぁーんと別にあるってことですねぇ」

相変わらず聡《さと》いセラフィンがソファに座ると、膝をぽんぽん、と叩く。リーナにここに座れ、と促しているが、リーナは気にせず、隣に腰かけた。

「ロラン、来る？　来る？　アルちゃん、ちゃんと呼んだ？」

「呼んでないわよ。そもそもエルが今日来るってことも、セラを呼んでいるってことも、今日知ったんだもの」

アルメリアが首を振ると、お気に入りらしいウサギのぬいぐるみをリーナがぎゅっと抱きしめた。

「ロラン……」

「その、ロランのことだ」

自分の性格をよく知っているアルメリア、セラフィンだ。雰囲気で何かを察したらしい。

二人の表情が、一瞬固くなった。

きょとんとした顔で、リーナが尋ねた。

「ロランが、どうかした？」

「ロランに、同居人がいることは、知っているだろう」

逡巡《しゅんじゅん》するような間があり、アルメリアが口を開いた。

「ええ。ライリーラでしょ。何度か会って話をしたことがあるわ」

「ロランが、どうして魔族の女性と屋根を共にしているのか、知っているか？」

「……何が言いたいのよ」

おおよその答えはアルメリアの中にあったのだろう。探るような鈍い反応だった。

「ロランは、私たちを置き去りにし、魔王を単独で倒し、その後行方《ゆくえ》をくらませた」

相槌《あいづち》を打つように、こくり、とリーナがうなずいた。

「でも、ロラン、生きてた」

「ああ。彼が死んだとは、私たちは誰も信じなかった。しばらくして、経歴や身分を隠しギルド職員として生活していることがわかった――」

エルヴィがこれまでの経緯をまとめた。

「職員になっても、大活躍みたいですねぇ。ギルドマスターのタウロさんが、ずいぶん評価しているみたいですしぃ」

「勘のいいセラが気づかないとは、思えないのだが」

「さあ、何のことでしょう」

にこりとセラフィンは笑顔を作った。

「まあいい。リーナはともかく、二人がどういうつもりでいるのかはわかった。……単刀直入に言おう。ロランと生活している魔族の彼女は、魔王だろう」

「……あ、そう」

だから何、とでも言いたげなアルメリア。

「そうだったのですか～」

と、嘘くさいリアクションをするセラフィン。

「私たちは魔王の……いや、結果的には魔王ではなかったが、ともかく偽装された死体を確認した。それが見つかってからは、魔族も魔王討伐が虚報ではないと知り、軍は退いた」

「ライリーラを見かけたときに、似てるなー？　とはさすがに思ったわよ」

「どうしてそのときに――」

「魔力を感じられなかったから。じゃあもうそれは、『魔王』ではないわ」

アルメリアの主張に同意するように、セラフィンも続いた。

「わたくしが持っていた首輪は、ロランさんが持っていました。まあ、壊れてしまったみたいですけれど。ロランさんが魔王を封じたとて、何の不思議もありません」

「それで合点がいった。ロランの家を訪ねたときには、彼女は首輪をしていなかった」

これはさすがに知らなかったのか、アルメリアもセラフィンも押し黙った。

リーナだけは、頭上で交わされる会話についていけず、首をかしげていた。

「首輪の出所をロランさんは知りたがっていましたが……それで」

セラフィンも納得がいったようだった。

「で、あんたはロランの同居人をどうしたいわけ。『ライリーラ』？　それとも『魔王』？」

「私は……旅を通して、ロランとは少なからず信頼関係ができたと思っていた。それはみんなそうではないのか。なのに、どうしてロランは私たちを騙《だま》すような真似《まね》をして、魔王を……彼女を逃がしたのか」

「エルヴィさんは、不満なのですね。嘘をつかれたこと、何も言わず去ったこと、無力化したとはいえ魔王を逃がしたことが」

エルヴィは、自分なりの正義の下、火種を消すことを考えていた。

だが、セラフィンの言う通りなのかもしれない。

「もう無力化されていないのだ。それをこの前確認した」

「肩書きだけじゃなくて、もっとちゃんと見なさいよ、エル」

窘《たしな》めるようにアルメリアが言う。

彼女とは境遇が似ていることもあり、すぐに仲良くなったことを、なぜか今思い出した。

「ライリーラのそばにロランがいる。これ以上ない抑止力よ。魔王だったのかもしれない――今となっては、たったそれだけのことよ」

「私は、ロランが何を考えているのかわからない。以前の彼ならあり得ないことだ。あそこまで人間を苦しめた魔族の王を、冷徹な彼がどうして見逃す。容姿や色香に惑わされたか？　そんなロランではないだろう」

ふふっ、と吹き出すようにセラフィンが笑う。

「ロランさんは女性を惑わす側ですからね～」

「あんたが納得できないっていうのは、わかったわ。……やめてよね、変な気を起こすの」

「何が変な気なものか！」

口をついて出た言葉は、自分で思っているよりも大きく、リーナがびくっと肩をすくめた。

「エルちゃん、怒らないで……」

「すまない、リーナ。怒っているわけではないのだ」

エルヴィはリーナの髪を撫でて、一度間を置いた。

「このことが万が一明るみに出れば、我々勇者パーティは世界に嘘をついたことになる。偽者を倒したと公言した大嘘つきだ」

エルヴィよりも先にアルメリアの口調が熱を帯びはじめた。

「でも戦争は終わったわ。それで十分じゃない。結果そうなっているのなら、真偽はどうだっっていいわ」

「おまえはいつもロラン任せだな」

「違うわよ！　わたしたちが考えていることを、あのロランが考えてないわけないじゃない。もっと色んな可能性を考慮した深謀遠慮があるんじゃないかって言ってんのよ！」

「その深謀遠慮とやらの果てに、もしロランが心変わりしていたらどうする。実際彼は変わっていただろう？」

思い当たる節があるのか、アルメリアもセラフィンも何も言わない。

再会をしたとき、柔らかい雰囲気になったと感じた。

尖《とが》った刃物だったような彼の発する気配が、日差しのような暖かさがあった。

いい変化だとそのときは思った。

「真面目《まじめ》バカ。放っておきなさいよ。だいたい、敵うわけないでしょ」

「アル、おまえは……そんなふうに思っていたのか？　私たちが挑んでも、敵うわけがないと？」

「違……そういうつもりじゃ――」

熱くなる二人の会話についていけずとも、非常事態だというのを察したリーナの表情が怯《おび》えたものへと変わっていく。

その頭をセラフィンが優しく撫《な》でた。

「大丈夫ですよ、リーナさん。こんなの、いつものことだったじゃないですか」

そう言って手を打った。

「はいはい。そこまでです」

エルヴィとアルメリアの間に険悪な沈黙が流れると、セラフィンが言った。

「本人がいないところで言い合っても仕方ないでしょう。まずは、事実を確認すること。憶測や妄想は被害を広めるだけ……って、わたくしの知っているロランさんなら言いそうです」

納得したアルメリアがうなずいた。

「言いそうね」

「ああ。セラ、事実を確認すると言うが、実際どうする」

「そんなの、決まってるじゃないですか」

わかってかわからずか、リーナがぽつりとこぼした。

「ロランに会いたい……」

6　かつての役者が揃う

朝。まだ眠っているライラを起こさないように、俺はそっとベッドを抜け出す。

出勤の準備をしようとしていると、玄関の扉に封筒が挟まっていることに気づいた。

最近感じた不審な気配と、手紙。

宛名《あてな》も差出人もない。

あまりいい報せではないだろうとわかった。

「さすがに暗殺依頼ではないだろう」

一度苦笑して、封を開け、中の便箋《びんせん》を検《あらた》める。

「……」

差出人は、エルヴィだった。

国の状況報告かと思ったが、違った。

『ロラン。奴《やつ》が処刑される前に、同居人が魔王であることをにおわせる発言をした。その真偽を問いたい。もしそうなら、どうして逃がすことにしたのか、理由を教えてほしい』

ライラや俺を遠巻きに監視していたのは、エルヴィの手の者だったか。

我知らず眉間《みけん》に寄っていた皺《しわ》を指でほぐした。

「何を難しい顔をしておる」

シーツをまとっただけの裸のライラが、後ろから抱き着いてきた。

「どうやら、バレたらしい」

「ふむ？」

「エルヴィからの手紙だ。俺の偽者がおまえのことを魔王だとバラしたようだ」

「あの騎士娘に、偽者が？」

堅物のエルヴィらしい。

魔王は魔王であって、力の有無は関係ない、と。

今は力を封じられていないので、警戒するのも仕方ないが。

あの戦争を引き起こした張本人を、討伐する側だった俺が逃がし同居していることに、納得がいかないようだった。

「どうする？　改めて妾《わらわ》を倒すか？」

そんなことをしないとわかっているであろうライラは、自分で言ってクスクスと笑う。

「魔王城でしたように、身代わりの死体を作ってもよいが」

「二度は通じないだろう」

一番面倒なやつにバレたものだ。

いや、エルヴィの性格を把握しているから偽の俺はバラしたのだろう。

魔王城で俺は魔王を殺すつもりでいた。エルヴィが納得いかないのも無理はない。

暗殺者としての直感でわかることがある。死神のような暗殺者を前にした標的の態度で、俺は善人か悪人か見分けることがなんとなくできた。

悪いやつではないのかもしれないと感じたから、首輪を使ってみようと思った。

こんな理由で、正義感の塊であるエルヴィが納得するだろうか。

思い返せば、俺は心のどこかで、暗殺者をやめたがっていた。

仕事だからと言い聞かせてはいたが、善人を殺すことに、強い抵抗を感じていた。

だから『普通』の仕事を……。

「騎士娘も、わざわざ手紙を寄こすあたり、まだ交渉のテーブルにはついておるように感じられる」

「ああ。ここへ他の勇者パーティメンバーを連れて来ると書いてある。その日時も」

密《ひそ》かに手紙を寄こすあたり、魔王存命を公表するつもりはないのだろう。

公表して真実だとわかれば、世界中が大パニックになるからな。

「ライラ、おまえは悪人ではない。少なくとも、俺が判断を鈍らせる程度には、善良な存在だった」

戦争をはじめた理由も、高度な政治的判断だった。好きではじめた侵略ではない。

だからと言って、被害を受けた人々に納得してくれ、というのも筋が違う。

「そなたが、妾のために苦悩しておるのはよくわかる。庇《かば》ってくれようとしているのもな」

振り返ると、からりとした表情でライラは笑った。

「ニンゲンたちからすれば、妾は大罪人である。いかな理由があれど国を侵略し、人々に取り返しのつかぬことをした。……いつか、こうなるときが来るとは思っておったのだ」

「……そう逸《はや》るな。対話をしようとエルヴィは言っている。どうしようとは言っていない」

「以前『おまえ個人を殺すつもりであるなら、一個師団でも一軍団でも、一国でも、俺が相手になる』と言ってくれたが、今も変わらぬか？」

「ああ」

「それは、かつての仲間が相手でも、か？」

「当然」

「ふふ、妾の愛した男は、さすがであるな」

ひしっと抱き着いてくるライラの背を俺はゆっくりとさすった。

「歴代最強の魔王に見初められた男だからな」

準備をして仕事へ行くと、いつものようにライラは玄関先まで見送ってくれた。


「ロランさん、悩みごとですか？」

仕事中、ミリアが尋ねてきた。

「ほんの少しだけ」

「珍しいですね」

「ええ。……昔の仲間と会うことになったんです」

「いいじゃないですか。何か問題があるんですか？」

「恥ずかしながら、当時ついた嘘《うそ》がバレてしまって。先方はそれが納得いかないらしいです」

具体名を避け概要を伝えると、ぱぁ、とミリアは笑った。

「そうでしたか〜。嘘をつくなんて、誰《だれ》にでもあることですよ。ごめんなさいをして、握手をすれば、元通り仲直り、です」

にこにこ、と太陽のような笑顔だった。

……それもそうだな。

事の大きさから、俺は深く悩み過ぎてしまったのかもしれない。

「そうですね。頑張ります」

口で言ってどうにかなるようなものだろうか。

とくに、杓子定規《しゃくしじょうぎ》に物を考えるエルヴィが心配だ。

……俺たちは、凄惨《せいさん》な戦争の現場を目の当たりにし続けてきた。

人一倍責任感も正義感も強いエルヴィが、弁明したとして手放しに納得してくれるだろうか。

仕事をこなしながら、頭の片隅では、どうしたら丸く収まるのか、そのことばかりを考えていた。


設定された日時は、ご丁寧に俺の仕事が休みの日だった。

誰かに訊《き》いたのか、それとも独自に調べたのか、ともかく律儀なエルヴィらしい。

自宅の扉がノックされ、俺は席を立った。

「来たらしい」

「あ、ああ……」

さすがのライラも、少し緊張しているようだった。

彼女らがどういうつもりでも、力量は俺やライラのほうが上。

精神的には優位に立てるはずだが、あくまでも話し合うために……問い質すために彼女らはやってきた。

自分の存在が認められるかどうかの瀬戸際だ。少々顔が強張るのも仕方ないことだろう。

「ロラーン？　こんにちはー？」

リーナの元気な声が扉越しに聞こえてくる。

俺が扉を開けると、懐かしい顔ぶれが揃《そろ》っていた。

一人二人と会うことはあっても、揃って会うなんて魔王城のあのとき以来だ。

「ロラーン！」

リーナが腰のあたりに抱き着いてきた。

その頭を撫でていると、セラフィンが外観を改めて確認すると言った。

「ここがロランさんのおうちなんですね～。質素というか、もっといい所にも住めたでしょうに」

「空き家を改装しただけだ。ひっそりと暮らすならこれで十分だろう」

「なーにが、『ひっそり』よ。全然ひっそりしてないわよ」

アルメリアが揚げ足を取ってきた。

「これでもひっそりしてるつもりだが」

「大立ち回りしておいてよく言うわよ」

呆れたような半目をされた。

エイミーとの一件を言っているらしい。

三人はいつも通りといった印象だが、エルヴィだけは案の定深刻そうな顔で押し黙っている。

「……ライラが待っている。入ってくれ」

セラフィン以外に面識はあるが、魔王として会っていたわけではない。

そのへんをどう思っているのか、俺も気がかりではあった。

応接室なんてものはないので、リビングへ四人を案内する。

「適当にかけてくれ」と俺が言うと、ソファの好きなところにそれぞれが座った。

ここにいると思ったライラはいない。

「おい、ライラ。そろったぞ」

ダイニングのほうへ顔を出すと椅子に座るライラが青い顔をしていた。

「珍しいな」

「……うむ。なんと言われるかと思うと」

「もっと鷹揚《おうよう》に構えているものかと思った」

「どうでもいい輩《やから》であれば、こんなことにはならぬ。だが、相手はそなたが大切にしてきた者たちである。どう思われても構わぬ、とはさすがにな」

「ここで震えていても状況は改善しないぞ」

俺の言葉を聞いて深呼吸をしたライラは、目を見てうなずいた。

覚悟が決まったらしい。

俺はライラを連れてリビングに戻ると、改めて四人に紹介した。

「紹介が遅れたことを謝罪する。彼女はライラ……ライリーラ・ディアキテプという。かつて俺たちが討とうとした元魔王だ」

沈黙を嫌ったのか、ライラがすぐにあとを続けた。

「ライリーラという。魔族だ。今は、こやつ……ロランとともにここで生活をしておる。住民たちに危害をくわえたことは一度もない。誓っていい」

「ライラちゃん、この前は、お、お世話になりました」

リーナが立って頭を下げた。

「この前？　ライラ、何かしたのか？」

「いや」

「奴隷《どれい》のみんなのお世話……解放された今は、孤児院にいるの。お礼、ちゃんと、してなかったから……」

……ああ。

地下闘技場から俺が一時的に連れ帰った子供たちのことか。

俺が頼んだことだが、風呂《ふろ》に入れたり着替えを用意したり、とライラは世話を焼いてくれた。

「偉いな、リーナ。それを言おうと思っていたのか」

「うん」

俺が褒めると、リーナは嬉《うれ》しそうに目を細めた。

おほん、とアルメリアがわざとらしい咳払《せきばら》いをする。

「ライリーラとは、はじめて会ったのは王都だったたし、ここでも会っているし、私からは何か言うことはないわ」

俺が王都で講習を受けにいったとき、たしか市場で知り合ったんだったな。

ライラは財布をスられたが、アルメリアのおかげでどうにかなった、と。

「セラフィンから預かった首輪を嵌《は》めて、ライラの魔力をこれまで封じていたわけだが、その首輪は製作者の遊び心があってしゃべる黒猫になるという機能もあった」

「もう一度確認させてほしいんだけど、あの体験談っていうのは……」

アルメリアが俺とライラを交互に見る。

「まあ、その、うむ、そういうことである」

頬を染めながら、ライラが肯定した。

想像力がたくましいお嬢様は、こちらも顔を赤くして人差し指を俺に突きつけてブンブンと振った。

「し、シェアハウスっていうのは、そういうことするものじゃないんだからっ！　なななな、何してるのよっ！　わ、わたしにききききき、キスしておいてっ！」

「その話はあとにしよう」

ややこしくなる。

「なんでっ⁉」

腰を上げ納得いかなそうな顔をするアルメリアを一度制して、俺は肝心のエルヴィに水を向けた。

「エルヴィも、ライラとは言葉を交わした仲ではあるだろう」

ルーベンス王暗殺の調査でヘイデンス家を訪れ、俺たちは世話になった。

「ああ……同居人と聞いていたし、魔族というのもわかっていた。ロランがそばにいるのであれば、とくに問題のない人なのだろう、と……」

沈痛な面持ちで視線はずっとつま先に向けられている。

「ライリーラが魔王だと聞かされ、驚きはしたが納得したほうが大きかった。それと同時に、戦時中のことや、ロランをはじめとしたみんなのことを思い出した」

無害で悪人ではない、と理解はできるが、気持ちまでそうはいかない、といったところか。

「正体を隠し素知らぬフリをしていたことを、まずは謝罪させてほしい」

そう言ってライラは続けた。

「妾は、あの戦争は間違いだったと認識している。今さら謝ってどうなるものではないというのも、な……。だから、被害を受けた国や民のため、妾にできることなら何でもするつもりでいる」

反省しているから許してやってほしい、とは言えない。

それぞれが、当時の記憶と折り合いをつけていくしかないと、俺は思っている。

ライラが説明を避けたので俺からは言わないが、あれはライラが望んだ戦争ですらなかった。

魔王は、魔王軍の罪と責任の大きな十字架を背負っている。罪滅ぼしのためにメイリのバーデンハーク公国に魔界の植物を持ち込んだのがいい証拠だろう。

「私とて子供ではない。色んな事情が絡んでいたことは想像に難くない。だが、どうしても納得いかないことがある」

エルヴィが伏せていた目を俺のほうへ向けた。

「それは、ロラン、おまえだ」

「俺が何か？」

「……私は、いや、私だけではなく。アル、セラ、リーナ、三人ともそうだと思う。――どうして何も言ってくれなかったのだ」

ずっと、ずっと、引っかかっていたことだったんだろう。

「どうして何も言わずに姿を消したのだ。首輪を嵌めて魔王を無力化したから殺さずに生かすことにした――冷血なくせに優しいおまえらしい選択だ。そうだと一言言ってくれればよかったのだ。私たちが、無力化した無防備な少女を手にかけるとでも思ったか？」

エルヴィが泣いていた。

口をへの字にして、唇を震わせ、伝った涙を指先で拭《ぬぐ》った。

それを見ていたアルメリアがエルヴィの頭を撫《な》で肩を抱いた。

「エルの言いたいことはわかるわ。ロランが死んだとは思えなかったけど、やっぱり不安で心配で……生きていることを知ってとても嬉しくて。でも、ふとしたときに、どうして何も言ってくれなかったんだろうって、思っちゃうのよ。……悲しかった。わたしたちは、そんな大切な相談もされないような存在なんだって思うと、余計に……」

ぐすっと鼻を鳴らしたエルヴィが涙目で俺を見つめてくる。

「本当です～。わたくしも、とぉーっても悲しかったんですぅ」

肩を震わせ、袖《そで》で顔を隠しながらセラフィンが言う。ちらっとこっちの反応を窺《うかが》ってきた。

ウソ泣きをしているこいつは無視してもいいな。

「リーナ、ロランが、いてくれるだけでいい」

「リーナ、それはズルイわよ」

「?」

アルメリアが言うとリーナは不思議そうに首をかしげた。

「大切な大切な仲間だったはずのわたくしたちを放り出し、ロランさんは元魔王とズッコンバッコン、放蕩《ほうとう》生活……。悲しいです……一回くらいわたくしとも」

セラフィン、おまえだけ悲しむ角度が違うな?

真面目《まじめ》な話をしていると我慢できず茶化す性格は相変わらずだった。

「まず、仲間であるおまえたちに嘘《うそ》をついてしまったことを謝らせてほしい」

魔王に止めを刺さず逃がした理由は、今になってようやく説明できるが、当時だとまだ上手《うま》く伝えられなかっただろう。

当時の俺は、何も知らない無機質な暗殺者でしかなかった。

ギルド職員になり『温かい』を、『普通』を知っていき、暗殺者がどれだけ異質かを学んだからこそ、魔王城での一件を説明できるようになった。

『任務なら善悪問わず殺す』

暗殺者をやめたから、この考えに対して抱いていた感情や違和感、抵抗感にようやく気づけた。

「何も相談せず、仲間に黙ったまま姿を消したことを謝罪する。すまなかった」

小さく頭を下げると、四人が黙る気配があった。

「暗殺者として最後の任務だと決めたあの仕事で、俺は最後の一人を殺せなかった。魔王は善人だと感じた。殺さずに封じられるのならそれがいいと、らしくない選択をした。だが、みんなのことを信用も信頼もしてないわけではない。それだけは覚えておいてほしい」

無害とはいえ魔王健在を絶対に知られてはならないと考え、誰《だれ》にも伝えなかった。

俺が首輪のことをランドルフ王をはじめ、この四人に説明していたら、もっと違う結果になったかもしれない。

「エル。ロランはそう言ってくれているけど、もういいかしら？」

「ああ……ロランがライリーラのそばに居さえすれば、何か起きる心配もない」

エルヴィの言葉に、ライラがほっと胸を撫で下《お》ろすのがわかった。

「アル、ひとつ訊《き》きたい。キスとは一体なんだ？」

「え」

「ロランとキスをした、と」

「それは、いいじゃない、別に……」

顔をそらしたアルメリアが、恥ずかしそうにちらっとこちらに目をやる。

「おい、何だ今の目配せは――!?」

「い、いいでしょ、もう！　放っておいて！」

立ち上がろうとするアルメリアを、エルヴィが掴《つか》む。

「よくない」

「リーナ……まだロランとちっす、してない」

する予定はないぞ、リーナ。

「あ、本当です、わたくしもまだでした」

おまえもだぞ、セラフィン。

その様子を見たライラがくすくすと笑っている。

「勇者パーティとはこういう集まりであったか。なるほど。そなたも苦労するわけだ」

事情を話せと強要するエルヴィと断るアルメリアの言い合いでリビングが騒がしくなった。

リーナはおろおろして二人の言い合いを止めようとしている。

「ロランさん、お酒、あります？」

セラフィンは何も気にせず図々しく酒を要求してくる。

「そういえば、そなたはイケる口であったな」

と、ライラがリビングを出ていくと、キッチンから複数のグラスと葡萄酒《ぶどうしゅ》を持ち出し、注ぎはじめた。

俺は酒の肴《さかな》を簡単に作って運び、リーナにジュースを出した。

いつの間にか酒交じりの会食がはじまり、近況の報告から当時の思い出話に花が咲いた。

「リーナ、あの話、好き。ロラン、して」

「ああ。アルメリアが漏らした話か」

「アルちゃん、おもらし、ぷふふ」

何度もせがんでくるお馴染《なじ》みの話なので、筋を知っているリーナが思い出して小さく笑った。

「食事中にそんな話やめて！　てか漏らしてないわよ⁉」

「リーナさんは、オネショいっぱいしてましたよね？」

ニコニコ、とセラフィンがリーナに尋ねる。

「し、してない」

「もう替えがないからって、下着を穿かずに戦場に出て……」

「あーっ、あーっ」

リーナが俺に聞かせまいと耳を手で塞《ふさ》いでくる。

それを知らない俺ではないので、させるがままにしておいた。

酒が入ったせいか、みんなの口が妙に軽い。

「エルは、ロランの訓練が厳しすぎて夜泣いてたわよね？」

「それはおまえもだろう。人のことを棚に上げて、まったく」

けらけら、と笑い声が弾けた。

「こやつの恥ずかしい話はないのか?」

「おい、ライラ。余計なことを訊くな」

四人が考えはじめると、そういえば、とアルメリアが言った。

「夜襲を受けたときに、ロラン、一度だけすっぽんぽんで戦ってたことがあったわよね」

「私も覚えているぞ。どうして服を着ていなかったのだ」

「そんなの決まってるじゃないですかー。ロランさんは違う『夜襲』で『魔力』を注いでいて、服を隠されていたから全裸でプププ、全裸で……プププ。ロランさん得物《えもの》はいつから『槍《やり》』になったんですかって、プププ——」

「その話はやめろ」

これ以上しゃべらせないように、脇腹《わきばら》に拳《こぶし》を突《つ》き入れた。

「おぶふっ……」

セラフィンには一時的に気絶してもらった。

「そなたが甲斐性《かいしょう》の塊なのは当時から変わらぬのだな」

呆《あき》れたようにライラがため息をついた。

「ライリーラからは、ロランはどう見えているの?」

「それは、私も気になっていた。教えてほしい」

「ふふん。では、妾が教示して進ぜよう」

得意げにライラが俺のことを話しはじめた。

再会するまでの俺を、寝ているセラフィン以外の三人は聞きたがった。

ライラの話は大方事実であり、脚色されることもなかったので、注釈を入れる必要はなかった。

「そんなことするギルド職員なんていないわよ、ロラン？」

「『普通』だと思うが」

「アルの言う通りだ。何がひっそりだ。全然違うではないか」

納得いかず俺は首をかしげる。

「ロランは、やっぱり、ロラン、してた」

リーナがまとめると、確かに、とアルメリアとエルヴィは相槌《あいづち》を打った。

俺たちの話は弾み、酒がすすんだ。

眠気を訴えたリーナを寝室に運びリビングに戻ると、他の三人も酒で潰《つぶ》れていた。

「神官は、あまり強いわけではないのだな」

「ああ。好きだが、強くはなかった」

一人一人をベッドに運んでやると、俺とライラが普段使うベッドはぎゅうぎゅうになってしまった。

「妾に付き合えるのはそなただけか」

俺のグラスに葡萄酒を注ぎながらライラは言う。

「おまえだってさほど強いほうではないだろう」

「であるな」

からから、とライラは笑う。それから、ふと真顔になった。

「……妾は、あんな者たちと戦っておったのだな」

「多少クセもあるが、いい仲間だ」

「封じられていない妾に、警戒することも敵意を向けることもなかった。そなたへの信頼が絶大であることを思い知った」

「俺が、ライラを害のない存在だと思い信じている――それを四人は感じてくれたんだろう」

顔を合わせれば、お馴染みのやりとりだ。

あれから何かが変わったのかと思ったが、それは感じなかった。

「訊きそびれていたが、ヨルヴェンセン王国……であったか。あれからどうなっておるのだ？」

「……ヨルヴェンセンか」

魔王軍が最初に攻略した国の名だ。

国王が居座った王城は、今では元魔王城として広く知られている。

「魔王軍撤退後、国に人は戻っていないと聞く。魔物や魔獣が住処《すみか》としている、とも」

近辺のクエストをひとつとして見かけないあたり、用のある人間も、困っている人間もあのあたりにはいないのだろう。

「そうか」

「言わなくてもいいのか。侵略戦争だったとはいえ、事情があっただろう」

「それは侵略者の言いわけに過ぎぬ。主戦派が武力行使に出ようとした発端は、妾の過ぎた力のせいでもある」

酔いがよくないほうへ回っているらしい。

「あまり思い詰めないほうがいい。殺して殺された戦争は終わった。そしておまえはもう魔王ではない」

そうであるな、とライラはグラスを呷《あお》った。

こういうときにロジェがいてくれれば、ライラを肯定して励ましてくれるのだが、肝心なときにあのエルフはいない。

無言の時間が長くなり、ライラはソファで横になり眠ってしまった。

毛布をかけてやろうとすると涙が流れているのに気がついた。

「冷酷非情な魔王、か……」

戦争を仕掛ける際、ライラはそういう自分を作ったのだろう。

本当は優しく面倒見がいい王の娘だったというのは、想像に難くない。

俺に敗れたときも悪あがきをすることはなかった。むしろ、重荷から解放されたかのような表情をしていたのを覚えている。

ライラはライラで、あの戦争は辛いものだったのだろう。

肩書きの上では魔王ではなくなったが、無意識に刻まれている記憶は、まだ魔王を背負い続けているようだった。

7 冷酷非道の王

◆ライラ◆

誰《だれ》にも聞こえないようにチッ、と舌打ちとともに魔王は玉座をあとにする。

謁見《えつけん》の間を出ていくと、魔王は慌てて追ってきた侍従に豪奢《ごうしゃ》な上着を乱暴に渡した。

「妾《わらわ》の治世に不満があるとでも言うのか」

誰にともなく愚痴を言うと、あとをついてきた近衛《このえ》隊長のダークエルフが答えた。

「諸侯に不満などあろうはずがありません」

「では何故《なぜ》だ。分かたれた大陸を侵略しようなどと……愚策も愚策。金も人も物資も、浪費するだけであろう。だいたい、どう移送する。妾の大転移魔法頼みだとでも言うつもりか」

「おそれながら……。魔王陛下のお力が、諸侯に夢を見させているのかと存じます。世界全土を治めるに足るお力がある、と」

「つまらぬ。夢と希望で国が治められれば苦労はせぬ」

「……ごもっともにございます」

魔王は苛立《いらだ》っていた。

定期的に行われる諸侯を集めた謁見の場——集合議会でのことだった。

会を重ねるたびに、人間界を侵略しようという主戦派の声は大きくなっていった。

戯言と聞き流していたが、今回はどうだ。

蓋《ふた》を開ければ、主戦派が多数。中立派と幾人かの穏健派を抱き込み、さも世論もそうだと言わんばかりの勢いだった。

「魔族が優れた種族であるため侵略し治めるなどと、子供のような戯言を」

私室への扉が開けられ中に入ると、ダークエルフのみついてきた。

「そなたはどう思う」

「ワタシにはわかりかねます」

そうであるか、とつまらなそうにため息をつき、魔王はソファに腰を沈めた。

扉がそっとノックされ、ダークエルフがやってきた者に用件を尋《たず》ねると、魔王に言った。

「ルーサー殿下がお見えです」

「気分が優れぬ。追い返してくれ」

「は」

魔王の弟、ルーサーは軍団長の一人であり、主戦派の中心人物だった。

「——ですから、魔王陛下は御気分が優れないようですので、日を改めて——」

説明する声が聞こえると、直後に扉が乱暴に開いた。ズカズカと踵《かかと》を鳴らし、魔王の前まで魔族の男はやってくる。

「姉上」

「ルーサー、妾は気分が優れぬ、と先ほど説明されなかったか？」

「どうしてあのような歯切れの悪い回答をなさるのですか」

「戦争の意義が妾にはわからぬからだ」

「人間界の国を落とし、征服の足がかりとする――。さすればもっと国を豊かにすることが」

「方便であろう、それは」

何度も何度も聞かされた建前だった。

「そなたら主戦派は、ただ飽いてしまったのだ。平和に。豊かにするなどと宣ってはいるが、他種族を武力で征服したいだけであろう」

「それの何がいけないと言うのですか」

「分かたれた大陸を蹂躙《じゅうりん》する意味なぞない。現状、益もなければ害もない。であれば、そんな世界の存在など考える必要はない」

「いいえ。意味はあります。我ら魔族が最高の種族である証明になります！　姉上の力をもってすれば、ニンゲンなど足下にも及ばないはず！」

「残念だが、妾はそのようなものに興味はない。ニンゲンはニンゲン。魔族は魔族。優劣も貴賤もなく、それ以上でも以下でもない。……すべては王である妾が決めること。……失せよ」

ルーサーは鋭く姉を睨《にら》みつけ、踵を返し私室を出ていった。

主戦派は大なり小なり、ああいった手合いがほとんどで、意見も似たようなものだった。

「平穏に暮らすことは、つまらぬことなのであろうか」

「先代の父王様が戦乱を平定し、早二〇年。年を重ねている諸侯にはコルネリウ卿《きょう》をはじめ、血の気が多い者はまだまだおります。彼らにしてみれば、異種族を征服し服従させる……戦うことが当たり前なのでしょう」

「そして声だけが大きな阿呆《あほう》のルーサーを担いだ、と」

生きた時代と価値観の違いなのだろう。

先代が玉座を退く際に、新しく魔王となったのは彼の娘だった。

魔王は世襲制ではない。

その座を虎視眈々《こしたんたん》と狙《ねら》っていた者からすれば、不満や嫉妬《しっと》など抱くなというほうが無理だろう。

そんな彼らには、ただ実力を示せばよかった。

格の違いをわからせ、簡単に黙らせることができた。

だが。

「政治は一筋縄にはいかぬな。妾より彼奴《きやつ》ら古狸のほうが一枚も二枚も上手らしい」

娘と父の親子関係が逆であれば、戦乱はもっと早くに終わったのではないかと城内では噂《うわさ》されていた。

父が暗愚なわけではない。

とりわけ優秀な男ではあるが、現魔王はそれをはるかに凌《しの》ぐ才覚を持ち、歴代最強とされていた。

「愚見を申しますと、魔王陛下は担がれてもよろしいのではないかと存じます」

「ほう。私見を述べるとは珍しい」

「……ワタシも、ニンゲンたちにあまりいい記憶がありませんので」

「あちらから来たのであったな、そなたは」

「は」

「妾にとっては良いも悪いもない。さて、いかがしたものか」

ため息交じりに魔王は苦笑した。


……これが歴代最強と謳《うた》われる魔王出征の、三か月前のことだった。


魔王はその後行われた集合議会で、人間界侵略を議題に挙げられるも興味を示すことはなく、早々に話題を切り替えかわしていた。

主戦派が不満そうにしているのはすぐにわかったが、触れれば否が応でも話を前進させようとするだろう。

それよりももっと興味を持ちそうな話題でもあれば、と考え口にした。

「妾は婿を取ろうと思う。夫となる男であれば妾より強い必要がある。卿らが立候補するもよし誰ぞを推薦するもよし。応募は随時受け付ける」

場がざわついたが、それだけだった。

集合議会後、私室に戻るとダークエルフが訊《き》いてきた。

「どうしてあのようなことを仰《おつしや》ったのですか」

「力を持て余しているのであれば、妾にぶつけてみるのも面白いであろう？」

「敵うはずがありません。諸侯はそれをよくご存じで……」

「とどのつまりは、勝てそうな相手には強気に出るが、勝ち目のない相手には挑むことすらしないということであろう。まったく、つまらぬ男ばかりよ」

色恋に興味がないからこそ、「強さ」は魔王が個人の魅力を計るモノサシとしていた。

そんなとき侍従の一人がやってきた。

「大王様が、魔王陛下をお呼びです」

「父が？」

「は。手が空いているのであれば離宮へ参れ、と仰せにございます」

「わかった。行こう」

王の座を入れ替わって一年ほど経《た》つが、こうして呼び出されるのははじめてだった。

父が政《まつりごと》に口を出すことはなく、作物を育てることに魅力を覚えた今では、離宮で晴耕雨読の日々を過ごしている。

魔王がダークエルフ一人を伴い、離宮へ顔を出すと、中へ通された。

「ライリーラ、久しいな」

父はルーサーのような猛々しい印象がなく、むしろ逆だった。

父の周囲だけ時間が止まっているかのように凪《な》いでいる。発する言葉は静かで、しかしはっきりと耳に届いた。

理性、理論、理詰めという言葉がぴったりの男だった。

戦乱を収めたのは、武力ではなく知力によってと言われている。

「お久しぶりです。朝食だけでもともに過ごそうとお伝えしているのに、いらっしゃらないから」

「魔王とはいえ娘のおまえに、何か気になることがあれば、余は口を出してしまうだろう」

「構いません」

「娘を矢面に立たせ自らは裏で政《まつりごと》を動かすなぞ、余には良いこととは思えぬでな」

「意見を仰ることで、妾が影響を受ける、と？」

「その可能性を危惧《きぐ》しておるだけである……が、今回だけは一言よいか」

「はい。なんなりと」

言葉を選ぶような間が続くと、やがて父は口を開いた。

「貴族間では侵略熱が高まっておるようだな。事情は嫌でも聞こえてくる」

その話だろうと思っていた魔王は、早々に考えを伝えた。

「父上から預かった国を守ることこそが肝要かと」

「余の頃《ころ》からの臣下はとくに血の気が多い。そなたの嫌だ嫌だでは通らぬこともあるぞ、ライリーラ。彼の大陸の戦力を調査させよ。それでよい。最強と謳われるそなたがいるとはいえ、一筋縄ではいかぬと理解すれば侵略熱も収まっていくであろう」

父にすれば、現臣下は戦乱をともに収めた部下。

扱いは魔王以上に心得ていた。

「では、そのように」

「一意見として留めておけばよい」

「はい。ですが、もし攻略しうる相手だとわかった場合はいかがでしょう」

「余であれば、早く攻め、早く落とし、早く和を結ぶ。遺恨を残さぬために、双方に利のあるものをな。さすれば主戦派の魔族至上主義の承認欲求は十分満たされるであろう」

「参考にいたします」

話はそれだけのようで、少しの雑談を交わすと魔王は離宮をあとにした。

一理あると認めた魔王は、調査を目的とした先遣部隊を編成した。

海を遥《はる》か彼方まで渡り『ゲート』を設置することに成功した先遣部隊ではあったが、魔王が選んだ直属の部隊長以下数名は、彼の大陸へ渡るまでに事故死したと報告を受けた。

……内々に進めていた調査は、どこかで主戦派に情報が漏れており、先遣部隊の目的はいつの間にか調査から威力偵察へとすり変わっていた。

あの一報が届くまで、魔王は先遣部隊は人間界を調査中であると信じて疑わなかった。

「先遣部隊が交戦し半数が討たれ、残りの大半が捕らえられたとのこと」

担当武官の一人が駆け込んでくると、ライラにとっては凶報を伝えた。

「交戦だと？　誰《だれ》が許可をしたッ！」

「ひぃっ」

腰を抜かした武官を見て、魔王は我に返った。

「……すまない。報告を続けよ」

「は、は……」

先遣部隊は壊滅。唯一逃げ延びた者が報告をしたという。

交戦した場所は人間界における南の小国領内。名をヨルヴェンセン王国といった。

先に手を出したのはあちらからのようだが、どこまで本当なのか見当がつかなかった。

集合議会では、救出名目で一個大隊の派兵を求める声が多数あった。

「ニンゲンにこのようなことを仕出かされ、魔王陛下は尻込《しりご》みするおつもりではないでしょうな?」

魔王は、先遣部隊が自分の制御下になかったことをここでようやく悟ることになる。

主戦派の思惑通りに先遣部隊は動き、戦端を切る人柱となったのだろう。

ここで派兵を承知すれば、一個大隊を呼び水とし、さらに援兵を送るはめになるのは目に見えていた。

「囚われた者たちを解放するための使者を送る。——次に何か余計なことをしてみろ。そなたら全員を塵《ちり》にしてくれる」

釘《くぎ》を刺してはみたが、小娘の言うことを聞き入れてくれるのかは怪しい。

手を打たれる前に、魔王は早急に使者を送ることに決める。

使者は、魔王の考えを一番に理解し、かつ一番信のおける近衛《このえ》隊長のダークエルフだった。

姿を変える力を持つ彼女であれば、あちらの世界でも不審がられないはず。

『ゲート』を使ったおかげか、三日ほどで彼女は帰ってきた。

「捕虜はすでにおらず……城外にて首を晒《さら》されておりました」

集合議会での報告だった。

「何と野蛮な」

「晒すなどと……魔族の矜持《きょうじ》を何と心得るかッ」

場は不穏にざわつき、魔王は固く目をつむり眉間《みけん》に皺《しわ》を作った。

御しきれない何かが坂道を転がる。ゴロ、ゴロ、と音が耳の中で聞こえる。

「市井の者に聞くところによると、王家の威光と武力を示すためのようです」

そんなものを示して、一体何の得があるというのか。

魔王は玉座で額を掴《つか》み、大きなため息をついた。

「ニンゲンの異種族排斥の思想はかなり強いものにございます。使者として交渉することも叶《かな》わず……、対話は不可能かと存じます」

魔王の腰巾着《こしぎんちゃく》であるダークエルフは主戦派ではなかったからこそ、報告には客観性と真実味があった。

「野蛮な下等種族め……！」

「魔王様！　派兵致しましょう！」

「同胞の矜持を踏《ふ》み躙《にじ》ったニンゲンに我らの力を見せるときッ！」

「魔王様ッ、我が部隊だけでも海を渡りますぞッ」

派閥も思想も関係なく、諸侯が口々に言葉を放った。今や開戦の決断を待つのみとなっている。

「――早く攻め、早く落とし、早く和を結ぶ……」

過度な熱気に包まれる謁見《えっけん》の間で、魔王は口の中でぼそりと父の言葉を繰り返す。

そして、意を決して立ち上がった。

口やかましく叫びたてた声は一斉に静まり、魔王の言葉を待った。

「妾は半端なことはせぬッ！　五個師団を派兵し彼の国を一気呵成《いっきかせい》に制圧する」

おぉぉぉ、と謁見の間にどよめきが響いた。

「指揮は妾が執る。思い上がったニンゲンに、我らの怒りを思い知らせてくれる！」

オウッ　オウッ　オウッ　オウッ
諸侯は拳《こぶし》を突き上げ咆哮《ほうこう》を上げた。

遠征軍は想像以上に早く編成された。あらかじめ想定されていたかのように。

自分の目が届くところであれば、いつでも歯止めが利く――魔王はそう思っていた。


早く攻め、早く落とし、早く和を結ぶ。


魔王の大転移魔法により、ヨルヴェンセン王国領内に多数の魔王軍を移送させた。

魔王は言葉通り半端なことはしなかった。

――村を燃やし、町を跡形もなく消し、都市を廃墟《はいきょ》とした。

圧倒的な力を見せつけたのち、王城へ使者を送り続けた。

だが、使者が受け入れられることは、ついになかった。


そしてヨルヴェンセン王国は滅亡した。

要した期間は、二週間もなかった。

王城には魔王軍の旗が翻り、一時的な拠点とすることが決まった。

魔王が他国と不可侵条約を結ぶための条項を考えているころには、旧ヨルヴェンセン王国民をはじめとした人間軍が、「冷酷非道の魔王、許すまじ」と兵を挙げ祖国奪還に動いていた。


「ロジェよ。ままならぬな。なぜこうなのか。言語を持つ種族同士、なぜ対話ができぬ」

「……は。恐れながら、言語を持つ種族故かと」

「この国は、一種の見せしめのようになってしまった。他に妙手はなかったのかと、今でも思う。これも妾が未熟故、武力に頼ってしまった結果である」

父ならどうしていたのか、と思わないではいられなかった。

「お優しいそのお言葉、ニンゲンにくれてやるには惜しくございます。ただ、この国の王が頭の足らない男だっただけのこと。いずれ滅んだ国でしょう。気に病むことはありません」

「敵にも味方にも阿呆《あほう》がおるとこうなってしまうらしい。元をただせば臣下を御しきれなかった妾の失策である」

「肯定は致しかねます」

「……そなたはニンゲンに嫌な思い出があったのだったな」

「は。このままいっそ、世界を魔王陛下が治めてしまえばよろしいかと」

「妾にそのような野望は一切ないのだが……。力も肩書きも忘れて、誰も知らないところで暮らしてみたいと思ってしまう」

「滅多なことを仰《おつしや》らないでください」

「ふふふ、半分冗談だ」


この後、人間軍と魔王軍の戦争は激化の一途《いっと》を辿《たど》る。

魔王以外に対話を望む者は誰《だれ》もおらず、敵軍へ送り続けた使者は帰らぬ者となってしまった。


そして一年後。

特異な力を持つ勇者と呼ばれる少女と仲間によって、歴代最強と謳《うた》われた魔王は敗れ、人魔戦争と名がついた争いは終焉《しゅうえん》する。

魔王の死体発見前、青年と一匹の黒猫が城をあとにしたことは、誰にも知られなかった。

8　家出

仕事が終わり家に帰ると、出迎えてくれるライラはおらず、奥にはつまらなそうな顔をしたロジェがいた。

「今日は何の用だ」

「何の用だ、ではない。今日はワタシが来る日だとライリーラ様にはお伝えしていたのだ。お帰りになったかと思えば……貴様か」

これ見よがしに、はぁとため息をつかれた。

「ライラは？」

「買い物ではないのか？　ワタシが昼過ぎにここへ来たときには、もういらっしゃらなかった」

リビング、キッチン、寝室……どこを覗《のぞ》いてもライラはいない。

「おい、ライリーラ様はどこへ行ったのだ。ま、まさか誘拐されてしまったのでは――!?」

おろおろ、と焦るロジェを俺は落ち着かせた。

「力が戻っているあいつは、『ゲート』を使える状態にある。王都やその他の場所へ簡単に行ける」

「だから、今は近辺にいないだけだと？　ワタシが今日来ると知っているのだぞ……？　訪問のご了承を得たあとに不在なんてことは一度としてなかった」

近衛《このえ》としてライラのそばにいたらしいロジェだ。

所在不明というのは不安で仕方ないのだろう。

だが、今日訪れたロジェにも俺にも一言もなく留守にするというのは、確かに不自然だ。

「おい、ニンゲン。何か心当たりはないのか？」

「……」

心当たり……。

そういえば……唐突にヨルヴェンセン王国のことを訊《き》いてきたな。

それが姿を消す理由になるかどうかもわからないが、今思いつくことはそれしかなかった。

「ロジェ・サンドソング。ライラからヨルヴェンセン王国のことを何か訊かれたか？」

「ヨルヴェンセン……？　いや、ワタシは何も。それがどうかしたか」

俺は最近あった出来事をロジェに教えることにした。

俺の偽者が現れたこと、おそらくそいつがライラが魔王であるとエルヴィにバラしたこと。それを知ったエルヴィやアルメリアたちがここへやってきて会話をしたこと――。

「で、では、勇者パーティの誰かだ！　ライリーラ様を連れ去ったのは！　今の話では、『盾の乙女』に違いない！」

盾の乙女というのはエルヴィの通り名のようなものだ。

「落ち着け、阿呆。今のライラは簡単に連れ去れるような存在ではないだろう」

「では、なぜライリーラ様はいないのだ？」

ロジェの表情が、今にも泣き出しそうに歪《ゆが》んでいく。

以前ロジェがライラを連れて行こうとしたときのように、その痕跡《こんせき》を探すが、何もない。

「……」

ふと、俺とライラの周囲を嗅《か》ぎまわっていた気配のことを思い出す。

エルヴィの手紙を届ける使者だと思い込んでいたが、違うのではないか。

届けるだけであれば、わざわざ観察や監視をする必要はない。

俺やライラに興味を持った第三者がいる……？

ライラの行方《ゆくえ》を考えていると来客があった。

玄関の扉を開けると、珍しい組み合わせの二人がいた。

「ロジェ隊長が今日は来るというから、楽しい夜になりそう～なんて思っていたら」

ちら、とディーが隣にいるアルメリアに目をやった。

「こぉーんな方も呼んでいたのぉ？」

「吸血族にエルフ族……ロラン、あんたこの家で何をする気だったのよ」

呆《あき》れたような半目でアルメリアが俺を見てくる。

「勇者王女様は大層お時間を持て余しているらしいな」

「皮肉を言わないで」

「悪いが、今日は構っていられない。ライラの所在が知れない」

ディーがあらあら、と反応すると、アルメリアは表情を曇らせた。

「アルメリア、何か心当たりがあるのか？」

「ううん。それはわからないけれど……最近エルの様子がおかしいから、ロランに相談しようと思って今日来たの」

「エルヴィの？」

「ええ。この前ここに来て丸く収まったでしょ？　なのに今になって許せないって言いはじめて……。ライリーラが今いないのって、もしかして、それが原因なんじゃないかしら」

……アルメリアが違和感を覚えるのもわかる。

エルヴィは、簡単に意見を翻すような人間ではない。

戦争の件を追及し糾弾するなら前回していただろう。

「『盾の乙女』がライリーラ様の足下を見て……ほ、捕縛したのでは……!?」

根が善良なライラのことだ。

戦争被害のことを持ち出されれば、抵抗はしないだろう。

「エルヴィに会いに行く」

「わたしも行くわ。変だったもの、エル」

「もちろん、わたくしも行くわよぅ」

ロジェは、訊く必要はないな。

険しい顔で臨戦態勢といった様子だった。

行動をともにすることになったので、アルメリアにはロジェとディーの素性を明かしておいたほうがいいだろう。

「このエルフは、あのロジェ・サンドソングだ。ダークエルフだったが、本来はこの姿らしい。この家には、主人であるライラがいるのでよく来る」

「なるほどね。こっちもその関係かしら？」

アルメリアが視線を投げかけると、ディーは微笑を崩さないまま挨拶《あいさつ》をした。

「わたくしもそうよぅ。元魔王軍。今は冒険者で、ロラン様とはとぉーってもイイ仲なの」

「……」

アルメリアに嫌悪感が浮かぶような目をされた。

「ディー、わざと語弊を生むような言い方をするな。彼女はキャンディス・マインラッド。俺が担当をする冒険者では、一、二を争うほど優秀だ」

はあ、とアルメリアはため息をついた。

「わたしたちが知らないだけで、元魔王軍って、結構いたりするものなのね」

おそらくその通りだろう。

こちらの大陸に残らざるを得なくなり、素性を隠して生活をする者はディーの他にもまだまだいそうだ。

少数精鋭。戦力は十分だ。

うっとりとした口調でディーが言う。

「ロラン様と一緒に行動するなんて、わたくし嬉《うれ》しいわぁ」

「おいキャンディス、貴様、遊びではないんだぞ！」

「あらあら。戦いって書いて、遊びと読むのよぅ？」

「む？　そ、そうなのか？」

完全に騙《だま》されているロジェに、ディーがプススと笑い声をこぼしている。

その二人をアルメリアが心配そうに指さした。

「大丈夫なの、この二人？」

「やるときはやる」

ロジェのほうはわからないが。

「行くぞ」


ロジェの転移魔法でルーベンス神王国の王都、ウイガルへ到着する。

町中では誰《だれ》が見ているかわからないので、王都を見下ろせる人けのない丘へ移動してきた。

ぼそり、とアルメリアが言う。

「魔王は、冷徹で悪辣《あくらつ》な悪の象徴ってイメージだったけど、ライリーラがそうだってわかると、イメージと大きく違うのよね……」

魔王としてのライラと、個人としてのライラでは、アルメリアの言うように印象がまるで違う。

「ライリーラ様は、心根の優しいお方だ。人魔戦争後は、常に罪悪感に苛《さいな》まれていたようだった。ワタシは、それを間近でずっと見続けてきたのだ。戦争の傷痕《きずあと》を見かける度に、お心を痛めておいでだった」

おそらく、ロジェが考えている通りだろう。

「魔王軍がやったことは到底認められないけれど、罪を認めて償おうっていう人に付け込むようなやり方は気に入らないわ」

ライラは大罪に悩み、どこかで罰を欲していたのかもしれない。

バーデンハーク公国復興には、ライラなりに尽力していた。

「真意は、本人からあとで訊くことにしよう。本当にライラがエルヴィの下にいるかもまだわからない」

俺は『シャドウ』を発動させ、エルヴィの屋敷を中心に調査をさせる。

一度訪れた場所だけあって、『シャドウ』を忍び込ませ情報を集めるのは簡単だった。

「変な魔法を覚えたのね」

「魔族の魔法だ。ライラに教わった」

「へぇ……ふーん」

アルメリアが唇を尖《とが》らせている。

「わたしが教えても、大した魔法はできなかったのに。ライリーラが教えたらできちゃうんだ？　へー」

すごくつまらなそうに言うので、俺は理由を話した。

「人間の魔法は魔族のそれに比べると、婉曲《えんきょく》的で冗長な部分が多い。それが俺に合わなかったんだろう」

「魔族の魔法なら合う、と」

「といっても片手で数えるほどしか教わってないがな」

『シャドウ』の一体から反応があった。

俺の感覚と同期させると、その一体の視覚と聴覚と繋《つな》がった。

低い視界の中、エルヴィの屋敷の中庭が視える。

壁越しに話し声が聞こえてくるので、『シャドウ』を壁際まで静かに移動させた。

「――お嬢様が客室にお連れになったあの方って」

「以前、ロラン様と一緒にいらっしゃったお綺麗《きれい》な方でしょう？　ライリーラ様だったかしら」

「え、修羅場？　え、修羅場？」

「嘘《うそ》。あり得ないわよ。お嬢様がそんな積極策を取るなんて」

「真正面から当たって砕けろって感じでしょう、お嬢様ったら」

「じゃあ、本当に？　ロラン様と釣り合うのは自分だと直接？」

「絶対そうよ。今ごろ、お部屋の中はピリピリしてらっしゃるのよ、きっと」

「やぁー、もう、お嬢様、頑張って」

……もしそうならどれだけよかっただろう。

俺は『シャドウ』の同期を解除した。

情報はまだ必要なので、他の場所にいる『シャドウ』をエルヴィの屋敷に集めて待機させておく。

「どうやらライラはエルヴィの屋敷にいるようだ。使用人の会話からして、酷《ひど》い扱いは受けていないと思われる」

客室と言っていたから、客人として屋敷に連れてきたようだ。

ディーが誰にともなく尋ねた。

「もし、魔王だと知っているなら軍を動かすこともできたはずでしょう？　そうしないのは、周知せず秘密裏に事を済まそうとしているってことでいいのかしら？」

「おそらくな」

顔を合わせ魔王として話をし、一緒に酒を呑《の》んだとはいえエルヴィには憎い魔王でしかなかった、ということなのだろうか。

そういえば、とアルメリアが思い返すように視線を宙にやった。

「様子が変って思ったとき、佩《は》いていた剣がいつもと違っていたわ」

「違うときくらいあるだろう」

何でもなさそうにロジェが言うと、ディーは首を振った。

「戦闘の感覚が違ってくることもあるから、とくに近接戦闘を主としているなら、おいそれと武器を変えることはないと思うわよぅ」

「ロランがいるんだから魔王だろうが何だろうが、放っておけばいいのよ。もう、バカエル」

腰に手をやり、平らな胸をでんと張って、自信満々にアルメリアは言う。

「いいわ、わたしが直接交渉をしに行くから！」

「無鉄砲ねぇ」

「猪突にもほどがある……」

ディーとロジェが困惑していた。

この自信と向こう見ずの性格は圧倒的な能力に根差したものだ。

しかし、それが他人に希望を与えることがあるのを俺は知っている。

エルヴィは、俺の偽者からライラのことを聞いたと言ったな。

最悪のことを一度想定してみる。こういう言葉にできない勘が働くときは、最悪の状態か、その一歩手前の状態であることが多い。

予感が、冷たい北風のように肌を撫《な》でた。


『シャドウ』から引き続き情報を集めようとしていると一体の身動きが取れなくなった。

状況を把握しようと同期させると、しゃがんだ女と目が合った。

「……来たのか」

ライラだった。

あいつが俺の『シャドウ』に気づかないはずはない、と思っていたらこれだ。

話したいことはたくさんあった。

だが、俺の力では、ライラのように『シャドウ』を通じて会話をすることができない。

「妾《わらわ》は、救出なぞ望んでおらぬ。そもそも、妾の意思でここへ来たのだ。そなたに迷惑はかけたくない……。勝手を言ってしまってすまないが、もう決めたのだ」

優しく寂しげに話しかけるライラ。

もう言うことはないと言わんばかりに、『シャドウ』に何かした。すると、同期は解除され、その『シャドウ』は消えていた。

俺は分散させていた他の『シャドウ』を消すと得た情報を三人に伝えた。

「屋敷の客室にライラはいる。自由に動ける状態だ。自分からここへ来たと言っている。だから拘束していないんだろう。警備は、以前来たとき通りだ」

俺が簡単に警備の配置を伝えると、ひとつ言うべきか迷ったことがあった。

言葉を待つ三人が、怪訝《けげん》そうにこちらを向く。

もしかすると抵抗されるのは俺たちのほうかもしれないな。

「さっき『シャドウ』伝いに言われた。救出は望んでいないそうだ」

「あ、そ。我がまま言ってくれるじゃない」

と、意に介する様子がないアルメリア。

「望んでいらっしゃらなくても、ライリーラ様を害する何かがあるのなら、お守りするのがワタシの役目。このロジェ・サンドソングが万難を排してみせよう」

ロジェが意気込んだ。こいつにしては珍しくいいことを言う。

ディーも同じことを思ったのか、そのセリフを聞いて、表情がゆるみ半笑いになっていた。

「そ、そうですね、ロジェ様。ぷふっ……。フラグじゃなければいいのだけれど……ぷすす」

「何がおかしい？」

ロジェがきょとんとすると、ディーは笑いをこらえながら「いいえ、何も」と首を振った。

たとえ、ライラ本人が望んでいなくても――。

「ロラン、準備オッケーよ！」

「ワタシもだ」

「わたくしもいつでもいいわよぉ」

俺たちがそれを望んでいる。

ライラ、ここは、俺たちのエゴを通させてもらうぞ。


大通りの人影を縫い、月光を避け、暗がりの夜道を駆ける。

裏門を目指しやってくると、暇そうにあくびをしている警備兵二人を発見した。

先ほど『シャドウ』が得た情報通りの配置だ。

少しの間眠ってもらおう。

『影が薄い』スキル発動。

瞬時に接近し、一発ずつ手刀を首筋に入れ、警備兵を昏倒《こんとう》させる。

足場を見つけ、外壁を身一つでよじ登り、裏側へ着地する。

誰《だれ》もいないことを確認して、静かに裏門を内側から開けた。

俺が先行し、あとから大声を上げてやってくるのは、いつもアルメリアの仕事だった。

「エル――――――！　出てきなさぁ――――――い！」

正門のほうから大きな声がする。屋敷内がざわつき、正門のほうに注意が向いたのがわかった。

ただでさえ目立つからな、あいつは。

「うるさいなあの勇者⁉」

「はしたないわねぇ、んもう」

開いた裏門から遅れてやってきたロジェとディーが入ってきた。

「あいつはあれでいい。注意を引いてくれる」

「勇者を陽動に使うなんて、鬼畜ねぇ、ロラン様ったらぁ」

言葉とは正反対にディーはうっとりしていた。

「ライリーラ様保護を最優先だぞ、ニンゲン」

「大人しく保護させてくれればいいがな」

「くれればいい、ではない。するのだっ！　強い気持ちを持て！」

わかった、わかった、と鼻息が荒いロジェを宥《なだ》めておく。

勇者がやってきた、というのは、よっぽど珍しかったのか。警備兵が持ち場を離れることはなかったが、集中力を欠いているのがわかる。

その隙に屋敷内へ潜入する。

スキル発動――。

万全を期して警備兵を無力化していく。一人、二人、三人……。

そのあとを、ロジェとディーがやってくる。

「……な、なんという早業だ」

「さすがロラン様よねぇ」

「無駄口を叩《たた》くな」

この二人が揃《そろ》うと、どうにも緊張感に欠けるな。

記憶に従い気配を消し、いつかの客室まで廊下を急ぐ。

「ここだ」

扉の前にやってくると、ロジェが真っ先にノブに手をかけた。

「おい、罠《わな》が仕掛けられている可能性が――」

迂闊《うかつ》なロジェに言うが、もう遅かった。

ノブを引いて一歩部屋の中に踏み込んでいた。

「ライリーラ様！　このロジェ・サンドソングがお迎えに――」

「ロラン様、離れて！」

ディーが言うや否や、即座に反応し、俺は一気に後ろへ飛び退《すさ》る。

同時に魔力反応を確認すると魔法陣が展開された。

「へっ？　あッ⁉　しまった――ッ⁉」

何かに気づいたロジェだったが、直後にその姿が消えてしまった。

「位階一等の『亜空間』という魔法よ。わたくしの知る限り、ライリーラ様だけが使える、別の空間に転移させてしまう超高等魔法よ」

遠目に一度見たことがある。一個師団がその罠にかかり、消えたことがあった。

「……ぷ……ぷふふ……あんなに意気込んでいたのに、真っ先に離脱だなんて……」

隙だらけのディーは、今は笑いをこらえるので必死なようだった。

「術者が解除すれば、元の場所に戻るはずよぅ」

「素直に保護されるつもりはないらしいな」

「そのようねぇ」

家出猫の保護はなかなか骨が折れるらしい。

罠を警戒しつつ中に入るが、もう何もなく、部屋にはライラとエルヴィがいた。

「ロラン。おまえだったか。おまえが余計なことをしなければ、こんなことをしなくても済んだのだ」

エルヴィが険を露わに口にした。

「あらあら、まあまあ。いやねぇ。力もないのにさえずるなんて」

ズズズズズ、とディーが吸血槍《やり》を召喚し、手に持った。

「吸血族の女……。魔族側とずいぶん懇意にしているようだな、ロラン」

「個人の善悪よりも、過去の出来事で種族差別とは、騎士の価値観もずいぶんと様変わりしたらしい」

皮肉を言って挑発するが、エルヴィは真顔で無反応。

よっぽど腹に据えかねているときのリアクションだ。

「ライラ。どうして一人で勝手に」

「貴様殿とて、エイミーのときは妾に相談しなかったであろう」

まったくその通りだな。

抱え込まず、ひと言くらい相談してくれればいいものを、と思うが、ライラもあのとき同じことを考えたのかもしれない。

ライラが踵《かかと》で床を一度コン、と鳴らす。

すると、景色《けしき》が一変した。

「客室では狭かろう」

周囲は荒野広がる空間になっていた。

「ライリーラ様、ロラン様と帰りましょう？　わたくし、何だかんだで一緒にいるお二人が好きなのよ」

「すまぬな、ディー」

「エルヴィ、これからどうする気だ？」

「……魔王は罰を望んでいる。自らの罪の重さと良心の呵責《かしゃく》に耐えられないと言った。私とおまえが争うことも、望んでいない。頼む、手を引いてくれ」

「断る」

これ以上の交渉は、平行線を辿《たど》るばかりだろう。

ライラの意思に関係なく、強引に連れ帰るほかない。

「力ずくで攫《さら》う。俺から守ってみせろ」


ディーが吸血槍を構えると、エルヴィも腰の剣を抜いた。

刀身は水面のように魔力がたゆまず波打っている。

あれがアルメリアの言っていた剣か。

以前の剣は、質実剛健といった感じの使い込まれたものだったが、今のあれは一見したところ、魔剣の類い。

エルヴィの魔力が増幅していくのを感じる。

人間は本来の魔力の容量を大幅に超えると、全能感に支配されるという。

「ロラン様。あの剣、気をつけて」

「ああ。ディーはライラを頼む」

「わたくしでは力不足のような気がするけれど」

「いや、いい勝負をするはずだ」

「あらあら。まあまあ。信頼してくれるのねぇ。嬉《うれ》しい」

そういうわけではないが、まあ、俺の直感が正しければの話だ。

目の前にいる魔族の女はライラだ。容姿も口調もそのもの。

だが、違和感が拭《ぬぐ》えない。

ライラの皮を被った何か——表現としてはそれが一番しっくりくる。

「ロラン、最後にもう一度言う。手を引いてくれ」

「おまえこそ、何度も言わせるな。攻撃は捨てろとあれほど言っただろう」

「攻撃に回す余力があるなら、すべて仲間を守ることに注力しろ、か」

「覚えているなら実践しろ」

いつもの装備……大盾を使うつもりがなかったのか、それとも俺たちの奇襲に準備が間に合わなかったのか、今は魔剣しか持っていない。

「では、ライリーラ様。わたくしたちは、先にはじめましょうか」

「そなたと相対する日が来るとはな」

ディーが吸血槍を構え、一直線にライラへと仕掛ける。

ライラは一度距離を取って鋭い突きを回避。同時に魔力で剣を形作り、ディーが再び繰り出した穂先を防御する。

いずれ戦うことを想定していたのか、ディーの攻撃は常に最善手だった。

息をつかせない速攻と連撃。ライラに魔法を使う時間を与えないつもりだ。

だが、それがいつまでもつか。

「腕はもう治っているのか、ロラン」

「おまえが知る俺よりも今のほうが強い。対峙《たいじ》したことを後悔する間もなく終わるぞ」

憂慮すべき点があるとすれば、あれほど俺が口うるさく言った守備を捨てさせる何かが、その剣にはある、ということだ。

先ほど以上に、刀身にまとっている魔力が輝きを増しているように見える。

エルヴィのスキルは『不落城』。

特定範囲の敵の攻撃を自身に集中させ、その際自分と装備したすべての耐久度を大幅に上げることができる、特異も特異なスキルだ。

俺でなくても、エルヴィのスキルを知れば、まず守備に専念させただろう。

それだけわかりやすく、使い勝手がよく、能力を知られても別段困らない、そういう意味でも優秀なスキルだった。

盾があれば十二分に活かせるはずだが、今は持っていない。

「……私は、私の正義を貫くことにした」

「実力《ちから》なき者に語る資格はない」

俺が駆け出すと同時にスキルを使われた感覚があった。

頭の片隅にあったライラとディーのことが消え去り、周囲の景色も霞《かす》んで見え、エルヴィだけがはっきりと見える。

被使用者になるのははじめてだが、なかなかの強制力があった。

フォン、と風を絶つように、エルヴィの剣が素早く振り下ろされる。

鍛練しているとはいえ、やはりその程度か。

難なく回避し、『影が薄い』スキルを発動させる。

完全に俺を見失ったエルヴィは、振り向きざま背後に剣を一閃《いっせん》。

俺の手をよく知っている動きだ。それは褒めてやろう。

だが、知られていることを、俺も知っている。

常套手段《じょうとうしゅだん》を使うはずがないだろう。

俺は背後には回らず、エルヴィの真正面にいたままだった。

エルヴィがそのことに気づくが、もう遅い。

防具からわずかにのぞく生身の部分を狙《ねら》って拳《こぶし》を叩きこむ。

「うッ……!?」

一瞬表情が歪《ゆが》んだが、意に介さず応戦してくる。

エルヴィが袈裟《けさ》に斬り下ろす動きに合わせ、『影が薄い』を発動。

エルヴィの予備であろう剣をすっと引き抜く。

「借りるぞ」

「背後か！」

耐久力が上がった物同士、どちらが上か見せてもらおう。

致命傷は避けるように、切っ先で膝《ひざ》の裏を狙った。

膝裏は比較的薄い部分だが、岩を突《つ》いたような強い衝撃が手に走る。

「うろちょろと――！」

「おまえと違って外れのスキルだからな」

エルヴィが剣を正眼に構える。刀身からは魔力が雷のように飛び散り、いくつもの残滓《ざんし》が宙に舞った。

……何をする気だ。

魔力が剣へ集束されていくのを感じる。そして、さらに剣が強い魔力を帯びた。

「殺したくはない。だから、避けてくれ――――！」

言うと、エルヴィが剣を振り下ろす。

まとった魔力をすべて解放するかのような、魔力の波動が放たれた。

白銀の魔力光線が唸《うな》りを上げて迫ってくるが、難なく回避した。

隙ができたわけでもないのに、あんな大振りの一撃が俺に当たるはずもないだろう。

「どうだ、ロラン。魔剣ホルスは」

それが剣の名か。

「おまえだけの魔力ではないな」

どこからあれほどの魔力を持ってきたのか、少し考えればすぐにわかった。

ライラからだ。

俺やエルヴィ、ディーの魔力を感じたが、大部分を占めたのは、ライラの魔力だった。

「魔力を吸収し放つのか」

まさに魔剣だな。

一体どこからそんなものを。

この魔剣があれば、俺の教えを捨てるのもうなずけるし、自力でライラをどうにかしようと思えた――その自信を得たのも理解できる。

ライラが作った亜空間の地面には、深々とした巨大な溝が作られ、魔力光線の凄《すさ》まじい威力を物語っていた。

魔剣を見ると、今度は充填《じゅうてん》状態に入ったようで、先ほどのような強い力は感じない。

「面白いおもちゃだな」

肩で息をするエルヴィは、何も答えなかった。

「俺もおまえの知らない武器がある」

『影が薄い』スキル発動。

眉《まゆ》をひそめたエルヴィに、俺は魔力で作った右腕を以前のように発射させた。

見えずとも何かが放たれた、と思ったのか、剣で両断しようと振った。

魔剣が直撃する寸前に、右腕は水滴のように砕け、魔力の雨となってエルヴィに叩《たた》きつけられた。

「散弾もいけるらしい」

「私は、何を食らった……⁉」

耐久力を大幅に高めているエルヴィに、ダメージはほとんどないようだった。

実験的に使ってみたが、散弾でも使えるな。

威力こそ低いが、実用性は高い。

ひるんでいる隙を突いて、俺はエルヴィの背後を取った。

刹那《せつな》の隙さえあれば、俺には十分といえる。

斬撃、打撃がほぼ効かないのなら――。

首に腕を回し、エルヴィを締め上げる。

「ぐっ、うぅッ……」

じたばたと手足でもがいてみせたが、すぐに気絶した。

そこでスキルが解除され、ようやくライラとディーの戦況を見られるようになった。

「ロラン様」

そこには、困ったような顔をするディーと、どろりと溶けたような何かがあった。

形容しづらいが、人間を長時間煮込めばこんな具合になりそうだ。

そこで荒野が掻《か》き消え、元の客室に戻ってきた。出入口には、気を失っているロジェもいた。

「光線が放たれる前に、ライリーラ様がアイスみたいに溶けてしまわれて」

ちらり、と俺は気絶しているエルヴィの魔剣に目をやった。

「あの剣が、周囲の魔力を吸収するらしい。それを充填すれば光線として放てるようだ」

「言われてみれば……魔力が減っているのを感じるわ。けど、溶けたりはしないわよぅ？」

「個体として不完全だから溶けたのかもしれない」

ライラに違和感を覚えていたが、そういうことだったらしい。

俺の偽者が作られたように、おそらくライラも――。

気絶しているエルヴィをディーが魔法で捕縛した。

「『緊縛』って言うのよぅ。卑猥《ひわい》よねぇ」

うふふ、と微笑《ほほえ》みながら、聞いてもいない魔法名をわざわざ教えてくれた。

自由を奪ったエルヴィをベッドに転がし、ついでに気を失っていたロジェもベッドに寝かせておいた。

「ロラン様、ライリーラ様は……」

「ディーが戦ったのは、偽ライラだったらしい」

「道理で。何か物足りない気がしていたのよねぇ」

ディーは吸血槍《やり》の穂先をじっと見つめると、ふっと消した。

「じゃあ、さっきライリーラ様が帰りたくないって言ったのは、本人の本心ではない、と思っていいのかしら？」

「いや、それはおそらく本人の言葉だろう」

偽者の俺と対峙したことでわかったが、思想も思考回路もそのまま俺だった。

だから、偽ライラが罪を感じていると言った言葉は、本人もそう思っているはずだ。

偽者がまったく違う思考をするのなら、まだ救いはあったが……。

俺は小さくため息を吐《つ》いた。

「勇者様、困ります！　勝手をなさると――あ、ちょっとぉ」

「いいのいいの、エルにはあとでわたしから言っておくから。使用人や警備の人が叱《しか》られないようにするから、大丈夫、大丈夫！」

騒がしい足音と困惑する声が聞こえると、バン、と景気よく扉が開いた。

「エル――！　ここにいるのはわかって……って、もうロランたちがいるのね」

「遅かったな」

荒事が片付いた室内をひと目見て、アルメリアは首をかしげた。

「ライリーラは？　ここにはいないの？」

「……ここにはいなかったようだ」

「ふうん、そう」

戦ってみたかった、とでも言いたげな口調だった。

アルメリアとライラでは、やはりライラのほうがまだ上だろう。

だが、アルメリアの能力で一番驚嘆すべきは、呑《の》み込みの早さだ。

エイミーと戦う前に俺が叩き込《こ》んだ防御と回避を上手《うま》く攻撃と組み合わせれば、もしかすると、いい勝負をするかもしれない。

アルメリアも揃《そろ》ったので、エルヴィの頬を叩いて目を覚まさせてやった。

アルメリアが詰《なじ》ると、エルヴィの額を指で弾く。ペシッ、といい音がする。

「敵うわけないのに、もう……。バカエル」

うなだれるようにエルヴィはうつむいていた。

「敵うかもしれない、とは思った。私とて、無策でロランを迎え撃って勝てるとは思えないからな」

「そう思わせたのが、あの剣か」

先ほど鞘《さや》にしまって隅に立てかけた剣に目をやると、エルヴィは小さくうなずいた。

「私は、私の正義に従った。後悔はない。好きにしてくれ」

「別にどうこうしないわよ」

でしょ？　とアルメリアが視線で尋ねてきた。

「ん。したところで、どうなるものでもない。それよりも、エルヴィ。あの剣と偽ライラの出所を教えてほしい」

偽ライラ？　と首をかしげるアルメリアに、ディーが説明をした。

「いたにはいたのよ、ライリーラ様。でも本物ではなく偽者だったけれど。溶けちゃったの」

「溶けた？」

「そうよぅ。『盾の乙女』さんは、あの剣一本でロラン様を迎え撃ってどうにかできると思っていたの？　それ、正気？」

ディーの言うことはもっともだったし、少し怒っているふうでもある。

どうして単独行動だったのか。慎重派のエルヴィなら、騒ぎにならない範囲内で軍や他の機関に報告して態勢を整えられたはず。

「ロランの家を訪れたあと、あの男が剣を持って現れたのだ」

あの男？

「誰《だれ》よ、それ」

アルメリアが言うと、エルヴィは詳しくは知らないが、と前置きをして続けた。

「ヴァンと名乗った男だ。試作品だと言って、私にあの剣を預けた。剣には、不思議な魅力があった。一度使ってみると、力という概念そのものを手にしているかのような、途方もない自信が湧《わ》き溢《あふ》れてきたのだ」

過剰ともいえる力が、自身の実力を過信させた、と。文字通り魔剣だったというわけか。

相手が俺でなければ、相当な脅威になったはずだ。

……ワワークなら、あの剣を調べれば、何かわかるだろうか。

「その人は、どうしてエルにそんなものを？」

至極もっともな疑問に、エルヴィが答えた。

「わからない。ヴァンとやらは神王国民だと言っていたが、南方の訛《なま》りがあった。国王暗殺の責任を負っている私のことを、どこかで聞きつけたようだった」

近衛《このえ》隊長のエルヴィは、国王暗殺に責任を感じるような人柄で、名誉挽回《ばんかい》を狙《ねら》いたいと思うのも無理はない。

生きていた魔王を捕縛したとなれば、アルメリアに代わる英雄とされただろう。

エルヴィは生来の正義感と相まって上手く利用されたようだ。

「……待て。暗殺の情報は秘匿されたままのはず。どうしてそれを知っている」

俺が言うと「確かに」とエルヴィは今さら思い至ったらしい。

ヴァンとやらは、内情をどこで知った――？

軽々《けいけい》に口にする者がいるとは思えないが、第三者に漏らす者がいるなら、それは偽者の俺だろう。

エルヴィの立場や性格を知っているし、国王暗殺の犯人でもある。

「そのヴァンには、勇者パーティかどうか確認されたから、剣の使い手を選んでいたように思う」

試作した剣を渡すにはちょうどいい相手だったんだろうな。

試作……。

偽の俺と繋《つな》がりがあったとみていいだろうし、魔剣をも作った。

エルヴィが偽ライラの身柄を預かれば、俺が奪還に動くだろうことも読んでいた。

偽ライラと魔剣の性能を確認するためか……。

どうやら、上手く踊らされたらしい。

「偽の俺を処刑したときの様子はどうだった？　もし溶けたのであれば」

「ヴァンがあのライリーラを作った可能性が高い、ということか。詳しくは聞いてない。あとで調べておこう」

「ああ、頼む。本物のライラが今どこにいるかわかるか？」

「すまない。私にはまったく……」

剣を試作した、とエルヴィに言ったあたり、創作能力のようなものがあるのだろうか。

「剣を借りてもいいか」

「ああ。構わない。好きにしてくれ」

調べて何かわかればいいが。

◆ロジェ◆

「らっ――ライリーラ様っ!?」

がばっとロジェが目を覚ますと、そこは見知らぬ客室だった。

「おお。起きたかエルフ殿」

「む。貴様は、勇者パーティの『盾の乙女』。しかしワタシはどうしてベッドに……。ここへ踏み込もうとして……はっ!? ライリーラ様はいずこへ!?」

「所在は不明だが、ロランたちならすでに帰ったぞ」

「い、いつの間に……!?」

「お茶でも用意させよう」

「……気を使わせてすまないな」

ペコリと頭を下げて、使用人が出してくれた紅茶をズズズと飲んで一服するロジェだった。

9　与えられた者の使命

◆？？◆

廃墟《はいきょ》と化した町を歩く。

人魔戦争からもうずいぶん経《た》つのに、鼻先には異臭が漂っていた。

「何か思うことは？」

男が隣の魔族の女に尋ねる。

女は、つまらなそうに「別に」と答えた。

「ヨルヴェンセン王国——いや、旧、と頭につけたほうが正確か」

先ほどからずっと女は機嫌が悪そうだった。

いや、先ほどというよりは、やってきたときからずっと、だが。

ここは旧ヨルヴェンセン王国王都アジャヒダリア。

かつて魔王軍が、人間の国へ侵攻する際、足掛かりとして蹂躙《じゅうりん》し侵略した国で、侵略後は、王城を魔王城に変えた。

魔王が占領するまでは、男が暮らしていた街でもあった。

「今のこの国なら、誰が使ってもいいだろう?」

呆《あき》れた、と言わんばかりに魔族の女はため息をついた。

「ヴァンといったか、そなた」

「ああ」

「一体何がしたいのだ」

そうだなぁ、とヴァンは丘の上にある魔王城と呼ばれた城を見上げた。

「ディアキテプ。君は能力があるから魔王の座に着いただろう。それと同じで、オレも能力があった……能力があるとわかったから、それを試してみたい。それだけのことだ」

「だから、ロランの腕を盗み偽者を作り、妾《わらわ》の偽者を作ってみせたと?」

「性能テストといったところだ。人種や種族は関係あるのか。制限はあるのか……自分の力なら知っておきたいと思うのは当然だろう」

ヴァンはスキル鑑定士の診断では『鍛冶《かじ》』というスキルだと教えられた。

がっかりはしたものの、食うには困らないのでよしとした。

うだつの上がらない職人は、魔王軍の攻撃により国を追われ、ルーベンス神王国へと逃げ延びた。

そして正面切った戦争がはじまった。

ヴァンは個人で工房を構えることはなく、大量に武具を生産する鍛冶ギルドに所属した。

『鍛冶』スキルはとても便利で、他人よりも上手《うま》く早く武具を作ることができた。

だが現状に満足しているわけではなかった。

地味で単調な日々は、ヴァンにはつまらなかった。元々憧《あこが》れていた冒険者に一念発起してなってみようと考えた時期もあった。

密《ひそ》かに設計した特製の剣を、いつか自分で打って仕上げてみたい。もしそれが完成したなら冒険者になってみてもいい。

そう思っていた。

そしてそれは、あっさりと実現した。

仕事中のことだった。

いつも通り打った剣が、まさしくそれとなった。

バレないようにその剣を隠したが、ヴァンはこの日から自分の『鍛冶』スキルについて疑問を持ちはじめた。

スキルを試行錯誤するうちに『鍛冶』スキルは、武具を作るだけの力ではないとわかった。

大まかに言うなら、素材さえあれば、完成形ができる力。無機物有機物、問うことはなかった。

密かに噂《うわさ》されていた魔王殺しの幻影《キラーファントム》。

どこかでまだ生きているのなら、最初に作るのは彼がいい。

裏社会の人間を雇い情報を集めると、片腕を失くしているものの、とある町で暮らしていると知った。何のためか、右腕もまだ保存状態にある、ということもわかった。

ひとつ気がかりなことは、情報提供者の誰もが、かかわることを推奨しなかったことだ。

ヴァンは構わなかった。

盗まれるなんて微塵《みじん》も思っていなかったのだろう。右腕を盗むのは非常に簡単だった。

そして、右腕を基に暗殺者《ロラン》を作った。

右腕から体が生えていく、と表現すればいいだろうか。記憶も本人そのままだった。

『暗殺？　もうその仕事はやめているが、マスターの指示なら、致し方ないだろう』

拒否されると思ったが、すんなりと言うことを聞いてくれた。

自分と主従関係に設定されることが、そこで判明した。

『ルーベンス王は、黒い噂しかない圧政者だ。ロラン、君の能力をオレに示してほしい』

『エルヴィが護衛指揮だったはずだが、まあ、問題ないだろう』

『エルヴィというのは、勇者パーティの？』

『ああ』

ロランは、夜に出かけて、深夜に戻ってきた。散歩に行ってきたかのような気軽さで、事と次第の報告をしてくれた。

公表された情報は国王の急な病死。不審な点が多かったので、ロランの仕事であることを知った。

言うことを聞いてくれるロランがいるのなら、オリジナルは不要だった。

『俺殺し、か。フン。マスターは、なかなかできない体験をさせてくれるらしい』

やり方は任せたが、両腕が揃《そろ》っているロランと片腕のオリジナルなら、前者が勝つだろう。

「――って思ってたんだけど、失敗したんだな。全然帰ってこない」

「当たり前であろう。王の暗殺者として秘密裏に処刑されておるという」

「そうか。残念だ。片腕のオリジナルには敵わないのか」

「妾の偽者もよくできておったが、あやつには敵わぬであろう。オリジナルの妾が敵わぬのだからな」

どこか嬉《うれ》しそうにディアキテプは話した。

ゆっくりと二人は丘をのぼっていき、ツタが何重にも絡みついた正門前までやってくる。

振り返ると、荒《すさ》んだ城下町が一望できた。

人は誰もおらず、何か動いた、と思ったらそれは野犬だった。

「何かあったときは相談に乗ってくれるか？」

「元の王家ではないにせよ、ここで新しい国を興すというのであれば、少しくらいは手を貸そう」

協力を仰いだときには、迷っていたようだったが、ヴァンがこの国出身だというのが決定打となった。

「よろしく頼むよ」

ヴァンが差し出した手が握られることはなかった。

どんな人物なのかと思ったが、責任感の塊で、侵略し被害を及ぼしたことに対して、強い罪悪感を覚えているらしい。

接触したエルヴィも似たような性格をしていた。

この能力さえあれば、本人《オリジナル》がどうであれ、複製版は従順なのだ。

特殊な性能を持つ魔剣の製造にも成功している。

近いうちに、ディアキテプ本人は不要になるだろう。

「スキルは『鍛治』改め『軍工廠《こうしょう》』と呼ぶことにする」

宣言すると、「好きにするがよい」と隣からつまらなそうな声が返ってきた。

10　眠っていた兵器と魔王城　前編

ルーベンス神王国から帰国した二日後のことだった。

俺がエルヴィの報告を待っていると、エルヴィがロジェを伴って家へやってきた。

「エルヴィ、わかったか？」

以前調べると言っていた件を、俺は真っ先に尋ねた。

「偽ライリーラは溶けたと言ったな。偽ロランは、溶けたというほどではないが、骨になるまでが異常に早かったらしい」

俺の右腕を媒介に偽者を作製したとすれば、媒介する物によって能力も肉体も比例していくのかもしれない。

「そうか。やはりヴァンという男が俺とライラの偽者を作ったと考えていいだろう」

南方の訛《なま》りがあった、と以前エルヴィが言っていた。

地域柄、ヨルヴェンセン王国民にそういった訛りを持つ者が多い。

ライラは不意にヨルヴェンセン王国の様子を訊《き》いてきた。

俺やライラの周囲を嗅《か》ぎまわっていたのは、エルヴィではなくヴァンの手の者と考えていいだろう。

そこで俺たちがどんな関係なのか報告し、ライラと接触した――。

何を言われたのかわからないが、ライラがすんなりとついて行こうと思った何かがあった。

――ヴァンという男、出身国をダシにしてライラを連れて行ったな。

「ところでロジェ・サンドソング、おまえは何をしにきた」

「何をしにきた、ではない！　ライリーラ様を捜索せねばならんからな！　盾の乙女も協力してくれる。今は貴様の手でも借りたいのだ、ワタシは」

玄関先でギャンギャン喚《わめ》くロジェの背後には、バツが悪そうにしているエルヴィがいた。

「エルヴィ。いいのか、このアホエルフに付き合っても」

「ああ。国内はしばらく次王を決めるための派閥争いだ。国内に残っていれば、いずれかの派閥に与《くみ》することになる。そうなるくらいなら、国外にいるほうがいい」

らしい考え方だ。

「何？　誰か来たの？」

奥のほうから、エプロンをしたアルメリアがひょこっと顔をのぞかせた。

「あ、アル。こんなところで何を」

「げっ、エル……。あんたこそ何よ」

「私は、ライリーラ殿の捜索をするエルフ殿に手を貸そうと……」

「ふうん」

ためつすがめつといった様子で、アルメリアは、エルヴィをじいっと見つめる。

「何だ」

「ううん。いつものエルに戻ったみたいね。この前からずっと変だったから」

「その節はすまなかった。ロランも」

「ん。構わない。俺がみんなへの隠し事をしたのが発端でもある。俺が責められるはずがない」

結果論ではあるが、首輪が出来上がったときにつけさせるべきだったな。

力が使えなくなるのは不便だろう、と判断を任せていたのはよくなかった。

「いつまで立ち話をさせる気だ、貴様！」

目を吊り上《あ》げたロジェが、ずかずかと中へ入っていった。

「上がれ。大したもてなしはできないが」

ちら、とエルヴィはアルメリアに目をやって苦笑する。

「だろうな」

「何よ、何か言いたそうね」

半目のアルメリアにエルヴィは肩をすくめた。

ダイニングのテーブルには、様々な料理が並べられている。それを見たエルヴィが目を丸くしていた。

「これを、アルメリアが……？」

「そうよ！　わたしがパンもお肉もスープも市場や食堂で買ってお持ち帰りして並べたんだから！」

ふふん、とドヤ顔をするアルメリアは、見下すように顎《あご》を上げた。

聞いたロジェが呆《あき》れている。

「いや、こういうのは手作りじゃあ……」

「一人で買い物をして、バランスのいい食事を並べている、だと……!?」

え、え、とロジェが戸惑って俺たちを見回した。

「この二人は家柄確かなご令嬢。一人で買い物なんてロクにしたことがない」

「フン、とどのつまりは、ライリーラ様以下というわけか」

「ワタシの主すごい」と顔に書かれているかのような威張りっぷりのロジェだった。

「わたし、最近一人でお風呂《ふろ》入るんだから。余裕でね、余裕で」

「私もだ。下女なしでだぞ」

何の張り合いだ。

戦闘のいろはを教えた師として、ここはひとつ教えておかなくてはならないだろう。

「おい、二人とも、『普通』は一人で入るものだ」

「ロランに普通って言われると、なんかモヤってするわね」

「ああ、まったく同感だ」

なぜだ。

アルメリアが準備してくれた食事を食べながら、今後のことについて話し合うことにした。

「リーナとセラには声をかけるか?」

エルヴィが尋ねると、俺は首を振った。

「あの二人は何かあったときのために動かないでいたほうがいいだろう」

といっても、何も起きないだろうが。

「とくに、リーナはそういった荒事に巻き込みたくない。一時的とはいえ、穏やかな生活から引き離すことはしたくない」

同意したらしく、二人がうなずいた。

あの子にとっての日常は今であって、勇者パーティでの日々は異常でなくてはならない。

「おいニンゲン、ライリーラ様の所在がわからない以上、人手は必要だぞ」

「エルヴィは何か知らないか？　ヴァンと接触しているのはおまえだけだ」

エルヴィのそばにいたライラが偽者なら、ヴァンとともにライラがいる可能性は高い。

俺が予想している場所はあるにはあるが、あくまでも推測に過ぎない。

「どこで何をしているのか、さっぱりわからない。ヴァンは職人系のギルドで仕事をしていたと聞いたが、本当かどうかもわからないし、能力もいまひとつ把握できない」

俺はこちらに戻ってから、エルヴィが持っていた魔剣をワワークに調べてもらった。

『君の言う通り、持ち主の魔力を増大させ、徐々に装備者や周囲の魔力を奪う構造になっているみたいだ。ただ、精神的に不安定にさせるらしい。長く装備すると毒になる』

とのことだった。

ヴァンの風貌《ふうぼう》をエルヴィに聞いてみると、年齢は俺よりやや上。これといった特徴のないどこにでもいる青年だったそうだ。

暗殺を指示したであろうヴァンは、ルーベンス王とは無関係かもしれない、とエルヴィは言った。

「やはり性能調査か」

『俺』ならこれくらいできるだろう、と踏んで試した。

魔剣も偽のライラも。

「何を考えているか、さっぱりね」

パンをちぎったアルメリアが首をすくめた。

「危険な男ではある。偽者の俺がルーベンス王を暗殺したあたり、ヴァンの指示に逆らえないのかもしれない。だとしたら――」

「もしライリーラ様を量産できるのなら、世界は簡単に滅ぼせるぞ」

事の危険さがいち早く理解できたのか、ロジェが深刻そうな顔でつぶやいた。

「ね、ねえ、ロラン。ライリーラとわたし、どっちが強い？」

「先日鍛えたおかげでアルメリアは強くはなったと思うが、まだライラのほうが強いだろう」

あ、そう、と面白くなさそうにアルメリアは唇を尖《とが》らせた。

量産するかどうかはわからないが、偽者が俺を始末しようとしたあたり、ライラも同じことをされるかもしれない。

「世話の焼ける女だ」

「ライリーラは、どうしてヴァンって人についていったの？　無関係でしょ。エルならまだわかるじゃない。勇者パーティだし、裁かれようと思うのも当然っていうか」

アルメリアの何気ない疑問はもっともなものだった。

「おそらく」

俺が言おうとすると、はっとロジェが何かに気づいた。

「まさか、ライリーラ様……そのヴァンとやらに惚《ほ》れたのでは――!?」

「いや、たぶんないと思うわ」

即座にアルメリアが否定した。

「なぜそうだと言い切れる！」

「だって、ロランのことが好きなんでしょ？」

嫌そうに目を細め、やがてロジェはうなずいた。

「じゃあ、たぶん違うわよ」

ねえ、とアルメリアがエルヴィに話を振ると、こくん、とうなずいた。

どうしてそうなるのか、俺も正直理屈がよくわからない。ロジェもそうらしく首をかしげていた。

「推測でしかないが、ライラがヴァンについていった理由だが……」

俺は考えたことを三人に伝えた。

「ヴァンがヨルヴェンセン王国民であることを知ったライラは、罪滅ぼしのために同行しているのかもしれない」

「罪滅ぼし？」

アルメリアが言うと、俺はうなずいた。

「ん。ライラはずっと気にしていた。本意ではない侵略戦争をはじめたことを。あいつは、どこかで罰を待っていた。それと同じくらい、罪滅ぼしの機会も窺《うかが》っていた」

ロジェに目配せをすると、反論しないらしく首肯した。

「ライリーラ様は、攻め込むことになってしまったが故に、いち早く戦争を終わらせようと尽力されていた。和睦《わぼく》の使者を送り続けていた。無下にされてしまったがな」

噂《うわさ》では聞いていた。

だが、何かの皮肉だと思っていたし、そう思う者が大半だっただろう。

「ライリーラ殿は、ロランを差し置いてでも罪を償いたかった、ということか……」

それだけ、王としての責任を感じているのだろう。

「ロジェ。魔王城があった国……旧ヨルヴェンセン王国を調べてみてくれないか」

「わかった。おまえたちより、ワタシのほうが勝手を知っているだろうしな」

俺が頼むと素直に了承してくれた。

ライラが絡むと、本当によく動いてくれる忠臣だった。


あれから一週間。

ロジェが報告に戻らない。

『ゲート』を使えるロジェが、移動に時間をかけているとは思えない。

我が家にやってきた形跡も今のところなかった。

「あのバカエルフは何をしている」

ぼそりと愚痴が口を突《つ》いて出てしまった。空振りだったとしても、経過報告くらいはできるだろうに。

「バカエルフ?」

声に視線を上げてみると、以前一時的に俺とパーティを組むことになったオーランドがいた。

「あ。オーランドさん。いらっしゃっていたんですね」

「アイリスとロランに、会いに」

「わざわざありがとうございます」

ギルドの中でも、オーランドは目立っていた。

背負った大剣もそうだし、片田舎《かたいなか》の町でエルフはあまり見かけない。

「支部長を呼んできましょうか」

「うん。それよりも、エルフ? 誰《だれ》のこと?」

「名前を出して、わかるんですか?」

たぶん、とオーランドは首を縦に振った。

「ロジェ・サンドソングと言います」

魔王軍での名だったから、わかるかどうかわからないが、ピンときたらしい。

「サンちゃん」

「サンチャン?」

「友達……だった」

「お知り合いでしたか」

いや、今は違うのか。友達だった――と言ったな。

「生きていると思わなかった」

ロジェは、本来はエルフだが、それでは舐《な》められるから、とダークエルフとして魔王軍に所属していた。それ以前の話は知らない。

オーランドの後ろで順番待ちをしている女性冒険者たちが聞き耳を立てているのがわかった。

「このデカ剣エルフ、アルガンさんとお知り合いなのかしら」

「この人もしかしてSランクの『疾剣』のオーランドさんなんじゃ……」

ひとまず順番待ちをしている冒険者の受付を済ませよう。

オーランドとの話は少し長くなるかもしれない。

俺は仕事終わりに指定の酒場で待ち合わせることにした。


「サンちゃんとその妹のマリオン、オーラ、仲よかった。……故郷の森の樹《き》、とおーっても特別。人間たち、何かの素材になると知って、いっぱい伐《の》った」

仕事終わりの酒場では、オーランドはすでに呑んでいた。

俺が向かいの席に着くと、懐かしげに話しはじめた。

「よく聞く話です」

エルフの森は手つかずの森であることが多い。

珍しい樹木が育っていたり、希少な鉱石が土中に埋まっていたりするという。

それを欲深な者に目をつけられ、ロジェたちは人間と争ったという。

「サンちゃん、首長の娘。戦った。妹のマリオンも、オーラも。でも、ダメだった。いっぱい仲間殺された。マリオンも、首長も……」

ロジェが魔王軍に入った理由は、復讐《ふくしゅう》……といったところか。

オーランドはどうにか生き残り、冒険者として生計を立てはじめたという。

「サンちゃん、元気？」

「そのはずです」

ヨルヴェンセン王国にあたりをつけて調査を頼んだ。

敬愛するライラがそこにいるかもしれないと知ったロジェは、喜び勇んで家を出ていった。

あてが外れたのであれば、俺に文句のひとつでも寄越しそうなものだが、今のところそれもない。

ロジェの目的がもしライラを探すだけであれば、わざわざ見つけたことを俺に報告しないのもうなずける。主人のいるところが自分の居場所と考えるのも不思議ではない。

「サンちゃん、懐かしい……」

かなり出来上がっているオーランドは、幼少期からの思い出を語りはじめた。

ロジェと妹とは幼馴染《おさななじみ》というやつらしい。

竹馬の友であれば、引き合わせてあげたいが、今はそのロジェの居所がわからない。

調査させるのはディーのほうがよかったかもしれないな。クエストで忙しくしているから遠慮したが。

「――いや、本当だって、マジで」

「嘘《うそ》つけよー。見間違いだろ？」

酒場の喧騒《けんそう》の中、カウンターで隣り合っている冒険者風の男二人の声が聞こえた。

「いやいや、これはマジのマジ。ありゃ前国王だ。間違えねえよ」

オーランドにも聞こえていたらしく、そのことについて話しはじめた。ついでに杯も空けておかわりを頼んでいた。

「最近、話題」

「話題、ですか」

「そう。死んだ人に会えるかもしれない場所がある」

会ってみたい死者に、思い当たる人物はいないが――。

「あの、すみません。さっきの話ですが」

俺はカウンターの二人組に話しかけた。

「どこで目撃されたんですか？」

二人はすぐに職員のアルガンさんだと気づき、わけも訊《き》かず教えてくれた。

「目撃したのは魔王領の付近だぜ。ああ、今はもう違うのか」

魔王領と呼ばれている場所は、バーデンハーク公国とヨルヴェンセンの二国。前者がどうなっているかは俺もよく知るところ。

となると――。

「ライラと行方《ゆくえ》がわからなくなったロジェか……」

俺は二人にお礼を言って、席に戻った。

手が止まっていると思いきや、頬杖《ほおづえ》をついたまま寝てしまったらしい。

「風邪ひきますよ」

オーランドに上着をかけて、俺は会計を済ませ外に出た。


朝を待ち、俺はアルメリアとエルヴィに声をかけ、時間を作るように言った。

二人とも幸いにも仕事に支障はないようで、数日ほど空けてくれた。

無関係だろうオーランドも同行してくれるという。

「サンちゃん、心配」

旧友の安否が気がかりだったらしい。

「てことは何？　ライリーラは、ヨルヴェンセンにいるってこと？」

「おそらく」

「サンちゃんも、いる？」

「ライラがそこにいれば、ロジェがいても不思議はないでしょう」

オーランドの能力は、得物《えもの》からしてわかるように、前衛での物理攻撃を主体としている。

華奢《きゃしゃ》な体つきで、最初はどのように大剣を振るうのか興味があったが、実際使っているところを目撃して、なるほど、と膝《ひざ》を打った。

「オーランド殿はその大きな剣で攻撃するのだな」

「うん」

勇者とその仲間であることを教えても、さほど興味がなかったのか、オーランドは「そう」としか言わず、かなり反応が薄かった。

「大きければいいってものじゃないのよ。大きいイコール強いなんて、発想が子供なんだから」

フフン、とアルメリアが得意げに言った。

そのセリフは、俺が以前アルメリアに言ったものだ。

「オーランドさんは、風属性魔法を使いながら自在に操る。大剣が片手剣並みの剣速で繰り出される。なかなかできない芸当だ」

「褒められた。嬉《うれ》しい」

エルヴィは、俺の知っている武具を装備している。大盾によく使い込まれた剣。オーランドと組ませれば、互いに引き立て合えるだろう。

転移魔法を使用し、ヨルヴェンセン王国最寄の『ゲート』まで転移した。

到着したのは、草原にある岩場の陰で、岩の向こうには旧魔王城が霞《かす》んで見える。

「懐かしいわね」

「ああ。以前はリーナやセラがいた。このあたりは、魔王軍だらけだった」

アルメリアとエルヴィが辺りを見回しながらそんなことを言う。

「感傷に浸っている場合ではない。行くぞ」

二人を促し、王都へと向かう。

王都へあたりをつけたのはただの勘で理由はない。

人がもし戻っているなら、一番に集まるのは王都で、そこなら情報収集がしやすいだろうと思っただけだ。

「ヨルヴェンセンって、結局あの話はどうなったのかしら。エルは何か聞いてる?」

「いや、これといって何も」

「ロランは?」

「俺もだ。調査をしている、とも聞かない」

「あの話?」

オーランドが首をかしげた。

「ヨルヴェンセンには、古代の魔導兵器が埋まっているという話があるんです。都市伝説のようなもので、各国が調査をしているとも聞かないので、適当な都市伝説だと僕は思っているのですが」

ヨルヴェンセン陥落の一報を聞いたとき、それを利用されるのではないか、と各国首脳は危惧《きぐ》したそうだ。結果的に魔王軍は魔導兵器を使うことはなかった。

だから、そんなものはなかったのだろうと結論が出たのだと思う。

「何でロランはオーランドには丁寧なのよ」

「私もそれは納得がいかない」

むうー、とお嬢様二人が半目でこっちを見てくる。

「エルフは特別なの？」

「そ、そうなのか、ロラン！」

「違う」

やれやれとため息をはいた。

「職員がSランク冒険者に敬意を払うのは当然だろう」

「じゃあ、わたしもSランクになればいいのね？」

「おい、ロラン。それなら私も冒険者になりたいのだが」

「おまえたち二人は、冒険をしているほど暇じゃないだろう」

クスクス、とオーランドは笑い声をこぼしている。

「面白い」

まったく緊張感のないメンバーだった。

城下町が近づくにつれ、廃墟《はいきょ》や壊された建造物の数々が見えるようになる。そこで、人の姿が何人も目に入った。

「旧ヨルヴェンセン領は、今も魔物が跋扈《ばっこ》する魔境だという話だったが」

「人、いる」

俺が言うとオーランドが続いた。

「なんなのかしら、あの人たち」

「もし知らずにここに居着いてしまったのなら、警告をしてあげなければ危険だ」

エルヴィの親切心には賛成だった。

足早に壊れた門から町へ入り、俺たちはバラバラに分かれた。

俺は真っ先に見かけた老人に声をかけた。

「ここは、かつて魔王軍が本拠としていた場所です。残党はまだ少なからず近辺にいます。ここを離れて安全な場所に避難を」

避難場所にあてはないが、転移魔法で連れていけばいいだろう。

さあ、と俺が促そうとすると、老人は怪訝《けげん》な顔をした。

「魔王軍？　あんた、一体何の話をしとるんだね」

「魔王軍です。この国を侵略したあの」

「ヨルヴェンセンは三〇〇年続いた王国。そう簡単に侵略されたりはせんわい」

そう誰《だれ》もが思っていた。そして、そう思っているうちにヨルヴェンセン王国は滅んだ。

それから俺が何を言っても、老人には話がまったく通じない。

最終的には怒らせる結果となり、老人は去っていった。

会話の最中に周囲を見渡して思ったが、人がいる気配がある。

旅の途中に立ち寄った……というよりは、住み着いているといった雰囲気だった。

廃墟を歩いて回ると、目にしただけでも、三〇人はいる。

俺は他の町の人に話を聞いてみた。

「いやぁ、参ったよ。あんなに栄えた町が廃墟同然になってるだろ？　家族も姿が見えないし、とりあえず家を片付けようと思ったけど、その家が壊れているんだ。勘弁してくれって感じで――」

三〇代と思しき男は、そんなふうに弱ったように頭をかいていた。

老人と同じように、魔王軍の話をしても、何の話かまったくわからない様子だった。

世界を揺るがした戦争のことを知らない人間がいるなんて、あり得ないだろう。

他の三人と合流すると、三人とも同じことを言っていた。

「魔王軍を知らないなんて、あるのかしら」

不審げにアルメリアは眉根《まゆね》を寄せた。

もしかすると、とエルヴィが言う。

「戦争のショックが強すぎて記憶が欠落しているのではないだろうか」

「可能性はあるが、侵略されたことを誰も知らないのは現実的ではない」

「うん、変」

オーランドの言う通り、変だった。

右腕だけで偽者を作り出せる力であれば、別の何かでそれができるとしたら――。

ライラが健在だとして、何を基にして偽者を作ったのだろう。

欠片《かけら》程度の遺伝子情報でもあれば、復元できるということか？

「なるほど。死者の国か」

「ヴァンの力よね。きっと」

おぉ、と歓声がどこからか聞こえてくると、四本足で何かが軋《きし》んだ音を立てながらこちらへやってきた。

巨大な犬に見え、背中には筒状の武器らしきものを背負っている。

おそらく小型砲の類いだろう。

地面を向いていた顔らしき部分がこちらを真《ま》っ直《す》ぐに見据えた。黒い帯の中に、青い眼球らしきものが三つあり、それが赤色に変わった。

「……ねえ、何あれ」

「敵意。感じる」

アルメリアとオーランドが警戒すると、エルヴィが可能性を口にした。

「私たちと友達になろうとしているだけでは」

「的と書いてトモダチと読むような輩《やから》でなければ、仲良くできると思うぞ」

見たところ、鋼鉄製。魔法やスキルで動かされている気配を感じないあたり、自律式と思っていいだろう。

……まさか、これが。

「JIGAAAAAAAAA‼」

鋼鉄の巨犬が大口を開けた。

背負った小型砲の砲口を中心にヂ、ヂヂヂ、と赤い稲妻が舞う。

すぐに赤い球体ができた。

「エルヴィ！」

言うと、エルヴィが盾を構え、その後ろにアルメリア、俺が入る。きょとんとしているオーランドの手を引いて、エルヴィの後ろに隠れさせた。

ギイン、ギイン――。

独特の発射音を鳴らし、こちらに発砲してきた。

赤い砲弾はエルヴィの盾によって弾かれると、飛び去り空中で消えた。

「出るわ」

剣を抜いたアルメリアが次弾を撃つ準備に入る敵に迫る。

「オーラも」

その後ろにオーランドも続いた。

他に敵がいないとも限らない。

俺は廃墟の屋上に上り周囲を警戒する。

「ハアッ！」

アルメリアが自慢の魔法剣技で敵を一度二度斬りつけ、オーランドが大剣で叩《たた》き潰《つぶ》すように上から振り下ろした。

同時に、凄《すさ》まじい衝撃音が響いた。土の中に埋まったのでは、と思うほどの攻撃だったが、敵は健在。

「ＪＩＧＡＡＵＵ」

三つの目がそれぞれ動くとこちらを捉《とら》えたようだ。

ドドドッ、ドドッ、ドッ、と先ほどの砲撃とは違う小さな弾を撃ちはじめた。

「しまっ――」

不意を衝《つ》かれたアルメリアを突き飛ばし、エルヴィが盾で攻撃を防ぐ。

魔法剣技も大剣による攻撃も、いずれも効果は認められない。

……あの形状の敵なら大抵は――。

エルヴィに攻撃を撃ち続ける敵の隙を狙《ねら》った。

スキル発動。

一気に接近すると、滑り込み敵の真下に入った。

「ここならどうだ」

魔力で腕を覆う『魔鎧《マギレガス》』で敵の胴体部分を突く。

二人の攻撃とは違い、腕はすんなりと体内に入っていった。

「ＪＩＧＡ……Ａ…………ＧＡ……」

呻《うめ》き声のような音を発すると、あの偽ライラのようにどろりと溶けた。

気づけば、町の住人たちが、巨犬が敵視していた俺たちを注視していた。

間違っても好意的なものではない。

「オーラたち、睨《にら》まれてる?」

「みたいね」

「住人は俺たちを大歓迎してくれるらしいな」

「ロラン、皮肉を言っている場合か」

それもそうだな、と俺はつぶやき、「離れよう」と促し三人とその場から移動した。

「あれ、何だったの?」

「偽のライリーラ殿が溶けたと言ったが、まさか」

「ヴァンの手によって作られた魔導兵器だろうか」

腕を突き刺した限りの感触だと、体は鋼鉄でできていた。

魔力が動力なのかと思ったが、そうではないらしく、魔法的な術式で動いているだけの自律式兵器だった。

さすがにあれがどろりと溶けるとは思わなかったが。

人けのない廃墟にやってくると、二階に上がり、警戒しながら窓の外を見る。

魔導兵器と思しき巨犬の溶液のそばに人が集まり、騒ぎになっていた。

「わたしたちは、むしろ邪魔者なのかしら……」

同じく眺めていたアルメリアがぽつりとこぼす。

「この町の平和を乱そうとしているのは、俺たちのほうだったのかもな。通報したか何かであの魔導兵器が起動し、侵入者を追い払おうとした、といったところか」

通常なら追い払うところが、返り討ちに遭ってしまった、と。

ライラとロジェを捜すどころではなくなってしまったな。

「オーラ、あれ知ってる」

「オーランド殿、そういうことは早く言ってくれ……」

エルヴィが嘆くように頭を振った。

「直接は知らない。昔……二〇〇年くらい前、本で読んだ。四本足の魔導兵器。三つの小型砲。『猟犬』で間違いない」

「魔導兵器の『猟犬』」

「そう。一〇〇〇年前に滅んだ技術。大戦争起きた。そのときに、兵器破壊。──て書いてあった」

破壊、か。

それが本当なら、さっきのあれは復元され、ああして元気に発砲してきている。

確かめる気はないが、町の人もそうなのではないか。

「ヴァンの能力では、俺の偽者を作ったりライラの偽者を作ったりできた」

「私が預かった魔剣もだ」

「ん。おそらく『作る』ことに長《た》けた能力だろう。本体に通じる一部分でもあれば、復元、複製が可能なのかもしれない」

「何よそれ……埋まってた人の骨を使って復元してるってこと?」

「あり得る」

それが正しければ、墓地に痕跡《こんせき》のひとつやふたつあるだろうな。

「趣味悪いわね」

心底嫌そうなアルメリアのつぶやきだった。

「現状、俺たちは侵入者扱いだ。『猟犬』はあれきりではないだろうし、もしかすると、別型の魔導兵器がいるかもしれない」

侵入者のことは、もう内部では知られているだろう。

敵とそうでない者を見分け、任意に攻撃し、かつ自律式……。

一〇〇〇年前の技術というのは、相当高度なものだったらしい。

「ライリーラ、どこにいるのかしら」

「もしいるとすれば、あそこだろう」

「あそこ？」

「一番高いところだ」

ああ、とアルメリアとエルヴィは、その方角にちらっと目をやった。

「お城？」

首をかしげるオーランドに、俺はうなずいた。

ここまでやってきたのだ。気づいているのなら、顔を見せてくれればいいものを。

◆ライラ◆

かつて、ライラが私室としていた部屋から窓の外を眺めていると、住民たちが騒いでいるのがわかった。

未登録者が来訪してきたのだろうが、なかなか『猟犬』は戻ってこない。

ライラは窓を開け、魔力で聴覚の感度を上げる。すると『猟犬』が破壊されたという会話と侵入者に怯《おび》えている住民の声が聞こえた。

珍しいこともあるものだ。

魔物や盗賊程度の敵なら『猟犬』一体で十分追い払えるというのに。

ヴァンが遺跡から見つけてきた欠片《かけら》で『猟犬』はいともたやすく元の姿を取り戻した。ロランの右腕から本人を作ったのも納得がいった。

ヴァンが国を興すという目的を聞いてからライラがしたことは、まずは治安を取り戻すこと。

巣食っていた魔物を排除し、ねぐらにしようと寄ってきた盗賊を追い払う。

そうしているうちに、遺跡に向かったヴァンは、遺物の復元に成功し、魔導兵器と呼ばれたかつての兵器を伴い帰還した。

以降は、『猟犬』が治安維持を担っている。

ライラは、ヴァンの国造りの相談役として、呼ばれたときに助言を与える日々を過ごしていた。

「ライリーラ様」

扉の外からロジェの声がする。

ライラがここへ来てしばらくした頃《ころ》に、ライラを探しにロジェがやってきた。

復興の手伝いをすることを伝えると、やり方を聞いたロジェは珍しく難色を示した。だが、ヴァンが何かの条件を持ち出すことで、協力するようになった。

「入るがよい」

「は」

中に入ったロジェが、外の様子を教えてくれた。

「あの男が来ました」

「そうか。道理で」

「ヴァンにも報告しますが、『猟犬』が一体破壊されました。また別の魔導兵器を手配することになるでしょう。……会わなくてよいのですか？」

「うむ」

何か言いたげなロジェは、逡巡《しゅんじゅん》すると、やがてゆるく首を振った。

小さく一礼して、部屋を出ていく。

その隙間からちらりとエルフの姿が覗《のぞ》いた。

この町へやってきたロジェは、再会後しばらくすると彼女を伴って挨拶にやってきた。

昔、ニンゲンとの争いで亡くした妹だという。

ヴァンが出した協力の条件はそれなのだとすぐにピンときた。

ヴァンの『蘇生《そせい》』に嫌悪を示したロジェだったが、常識も倫理観も家族の情には敵わなかったのだ。

『安全で豊かな町だと示すことであろう。さすれば自然と人も戻ってくるはず』

ライラはそう提案したが、ヴァンはその能力で安易な方法を取った。

墓地から『蘇生』させた人々が、今町には溢《あふ》れている。

能力を使ったのは二〇〇人ほどだそうだが、別の墓地にいけば簡単に人口を増やせるだろう。

「死者の国、か」

ヴァンの能力は本物とそん色がない。それならもう、その人個人ではないだろうか。

このまま人は増え続けるはず。物資物流を整えれば、復興の第一歩。

それを見届けて、ここを去ろう。

「……」

廊下からこちらへ近づく足音がある。二、三人ではない。もっとだ。

扉が不作法に開けられ、中に屈強な男が一〇数人雪崩れ込んできた。

治安維持名目で部隊を編成すると言っていたが、簡単に兵と指揮官を育成できるとは思えない。

だから、その手の墓地から腕に覚えがありそうな者を全員『蘇生』させたのだろう。

「ディアキテプ。マスターの命により、ここで死んでもらう」

ライラは呆《あき》れたようなため息をついた。

「妾《わらわ》もずいぶん舐《な》められたものだ。これは侮辱以外の何物でもない。これっきりで妾をどうにかしようなどと笑止。妾を侮ったことを永遠に後悔するといい」

ライラが不敵に笑うと、剣や短剣、それぞれの得物《えもの》を持った男たちが襲い掛かってくる。

「余興にもならぬ」

位階八等魔法『焦炎砲』を発動させた。赤黒い魔力の熱球が瞬時に複数形成される。
一、二、三……ライラが指をさすと、猛犬のように熱球は標的へ飛翔《ひしょう》していった。
魔法陣もなく、魔法を詠唱するでもなく、発動の意思と標的の指定だけで襲撃者は瞬時に黒炎と化した。

「つまらぬ。協力すると言っておるのに……」

残りの襲撃者がたじろいだ。

燃えた標的は不自然に液状化すると、ライラの魔法によって蒸発した。

あれが『蘇生』されたニンゲンの特徴だった。

ロランの偽者を目の当たりにしたときは、本人のままだと思ったが、粘性のある液体化するなど、やはり中身は本物と大きく違う。

「少しくらい妾を楽しませてくれ。退屈しておるのだ」

殺気を放ち、襲撃者が声を上げ迫ってくる。また一人、二人とライラが指先ひとつで蒸発させていると、目の端で見慣れない武器を構える者を認めた。

あれは、銃と呼ばれる代物だったなと書物の知識が脳裏をよぎる。

ライラは『次元壁』を発動させた。
物理、魔法のすべての攻撃を完封する位階二等魔法だ。
経験のない武器、攻撃には、これが最適解。
ガァン、と炸裂音《さくれつ》が響くと、弾丸がライラへと放たれた。
あれなら問題なく『次元壁』が阻むだろう。
向かってくる鈍色の弾丸を視認した刹那《せつな》、ただの弾丸ではないことがわかった。
魔導兵器に見られるような、未知の術式が弾丸に細かく刻まれている。
「――」
ライラは踵《かかと》を鳴らし、転移魔法を発動させ念のため退避しようとする。
万が一『次元壁』で防げなかった場合の一手だ。
だがその万が一は起き、転移魔法発動はわずかに遅かった。
ライラは一発を肩に被弾する。
続けて放たれた二発目を胸部に受けた。

11　眠っていた兵器と魔王城　後編

◆ロラン◆

王城からずいぶん離れた城下町の廃墟《はいきょ》で俺たちは一夜を明かそうとしていた。

俺が周囲を警戒する間、三人には休んでもらった。

遠くに見える王城には、まだ明かりが灯《とも》っている。城に近づくにつれて、警護や巡回の魔導兵器の数は増えていった。

あの様子からして、俺たちをどうやら捜しているらしい。

外でこそこそと動く気配があり、窓の隙間《すきま》から様子を窺《うかが》ってみる。

「むう、いないか……！　一体どこへ行った……⁉」

大声で愚痴をこぼし、廃墟の扉を律儀に閉めようとしているロジェがいた。

なぜ姿を消し、戻ってこなかったのか、その理由が判然としない以上は、ロジェがヴァン側にいる可能性も十分に考えられる。

「いるならこのあたりだろうと思ったが、あのニンゲン、手間ばかりかけさせて……！」

ゲシ、と柱を蹴《け》ったが、固かったらしく、つま先を押さえてロジェが悶絶《もんぜつ》している。

相変わらず緊張感のないエルフだ。

「この国に来たのは知っている！　出てこーい！」

どうやら俺を捜しているらしい。

もし敵だったとして、三人が休んでいるここがバレなければ問題はないだろう。

それに、俺一人ならどうとでもなる。

俺は休憩所とした廃墟を出ていった。

スキル発動――。

その方角がわからないよう気配を消して、大きく迂回《うかい》し、ロジェの近辺までやってきた。

「夜だというのに騒がしいな、おまえは」

「い、いたっ！」

指を差すと駆け足でこちらへ向かってくる。敵意のようなものが感じられないので、俺は接近を許した。

「俺を捜しているのか」

「ああ、そうだ！　それよりも、ライリーラ様が――！」

暗がりでわかりづらかったが、ロジェの顔には、焦りと恐怖のようなものが浮かんでいた。

口をへの字にし、すがるような視線を俺に投げかけていた。

「ライラがどうした」

「魔導兵器を発掘した、ヴァンが、銃というやつで」

「落ち着け。何を言っているのかわからない。ライラがどうした」

「ライリーラ様が、銃とやらで撃たれ意識がない」

攻撃を受けた？　ライラが？

にわかには信じがたい。

もし可能性があるのなら魔導兵器だろう。あれは完全に未知の技術だった。ライラを傷つけることもできるのか？

「おまえは、ライリーラ様を連れ戻しに来たのだろう⁉　ワタシは、ヴァンとは協力関係にあるが、心服しているのはライリーラ様のみ。だが、ワタシでは助けられない……」

途中からロジェはぽろぽろと涙を流しはじめた。

敬愛している主を自分の手で助けられないのが悔しいのだろう。失ってしまうかもしれない、という恐怖と不安もあったのだろう。

「問題ない。戦力を把握したい。教えてくれ」

「あ、ああ！」

ぱあっとロジェの表情が晴れた。

元々攻略した城。内部の構造は知っている。警戒すべきは、あの魔導兵器とやらだ。

その類型をいくつか教えてもらった。

犬型の『猟犬』。大きな人型の『石巨兵』。ライラを負傷させた『銃』。あとひとつあるらしいが、どういう使用法なのかわからなかったそうだ。

「だ、大丈夫か？　ワタシやライリーラ様でも、苦戦を強いられる敵だ」

「誰《だれ》に言っている」

時間が惜しい。

俺が王城へ向かおうとすると、「どこ行くのよ」と声をかけられた。

アルメリア、エルヴィ、オーランドが廃墟から出てきたところだった。

「ロラン、私たちは、結局おまえの足手まといでしかなかったか？　もう少しだけでいいから信用してくれ」

「また一人でトイレ？」

オーランドは、ロジェのもとへ走って抱き着いていた。

「サンちゃん、久しぶり」

「オーランド⁉」

久闊《きゅうかつ》を叙す二人の脇《わき》では、ついていく気満々のアルメリア、エルヴィが装備の確認をしていた。

「話は聞こえていたわ。一人で行ってもあとで絶対に追いつくんだから」

「ああ。私は、敵に負けてしまうことよりも、ロランに戦力にならないと思われるほうが嫌だ」

「好きにしろ。もう守らないぞ」

顔を見合わせる二人が、くすぐったそうに笑った。

「ロランにこんなことを言われる日が来るなんてね」

「死ぬほどキツかった鍛練に耐えた甲斐《かい》がある」

「もうわたしたちじゃないのね、守りたい人は」

俺は何も答えなかった。

「二人はどうする？」

ロジェとオーランドに尋ねると、うなずいた。

「ワタシも行くぞ」

「オーラも行く」

メンバーは違うが、また五人であの城を攻略することになった。


こと制圧戦にかけてはアルメリアの右に出る者はいない。

当時からそう思っていたが、やはりその火力は圧倒的だった。

アルメリアは王城までの道中、『インディグネイション』で警備巡回の『猟犬』を一掃していく。

「あははは。どんなもんよー！」

「あまり前に出るな、アルメリア」

指示を出す前に、エルヴィが盾を構え、発動させたスキルで自分に攻撃を集中させた。

エルヴィに気を取られている敵を、オーランドが大剣で吹っ飛ばしていく。攻撃して破壊するのは諦《あきら》めたらしい。

ガゴン、と重い音がすると、二、三体は放物線を描いて飛んでいった。

「オーランド、頭を下げろ」

「うん」

魔法弓を構えたロジェが魔力の矢を射る。エルフのお家芸といったところか。

「腹を狙《ねら》え」

俺が助言すると、矢が地を這《は》い、下から上へと『猟犬』を貫いた。

「おまえの攻撃がまともに成功するとは」

「貴様、ケンカを売ってるのか」

「褒めているんだ」

「む。そうなのか」

そのつもりはなかったが、すぐに納得してくれた。

夜中とあって、人がいない。誰かを巻き込むことはなさそうだ。

アルメリアの火力と敵の注意を引きつけるエルヴィ、残った敵をエルフ二人が担当。

一対一を得意とする俺の出番はこれといってなかった。

役割分担もできているし、安心して任せられた。

王城に忍び込む必要もなく、アルメリアの火力で正面突破は簡単にできた。

「どんなもんよー！」

「ロラン、アルが褒めてほしそうだ。あのセリフは二回目だ」

「アルメリア、さすがだな！　さすが勇者！」

「でっしょー!?」

みるみるうちに鼻が高くなっていくのがわかった。

機嫌をよくしたアルメリアは、魔法剣で閉ざされた王城の門を破壊する。

俺たちが中へ入ると、見覚えのある一階のエントランスに出た。

階段の上には、エルフが一人いる。

「お姉ちゃん、どうしたの。何をしているの？」

お姉ちゃん？

「……私はエルフを妹に持った記憶は」

「エル、あんたじゃないわよ」

「え」

後ろにいたロジェが、押しのけるように前に出た。

「マリオン。ワタシたちはライリーラ様を救う。時間がない。そこをどくがいい」

「無理よ。わかってるでしょ？　指示は絶対よ。……やだ、オーランドも一緒なの？」

「マリオン、生きてる……どうして？」

驚くオーランドがロジェに訊《き》くと、バツが悪そうにうつむいた。

「ヴァンに持ちかけられたのだ。一人『復元』してやる、と。代わりに協力を求められた。『復元』されれば、製作者——ヴァンを主と認める。マリオンも、それで……」

正面階段をのぼらなくても、上階へ行く方法はいくつかある。だが、一番の近道はそこを通ることだ。

「ワタシに任せてほしい。すべては、ワタシの心の弱さが招いたこと」

ロジェが臨戦態勢に入ると、オーランドも戦闘態勢に入る。

「あの日、マリオン、死んだ。死者は、生き返らない。あのマリオン、幻。サンちゃん一人に、背負わせはしない」

相手は他にもいるらしい。

俺たちが入ってきた扉をくぐるように、巨大な人型の兵士がぬっと姿を現した。

二階にも届きそうな身長に、だらりと伸びた両腕。視覚情報を得るであろう目の部分は、『猟犬』と同じように三つの目が赤く光っていた。

「ロラン、先。みんなも」

「ここだけは、ワタシが弓を引かねばならない。ニンゲン……ライリーラ様を頼む」

うなずいた俺は、正面階段を真《ま》っ直《す》ぐ上る。

「ダメよ。上は。マスターに怒られてしまう」

『影が薄い』スキル発動。踊り場にいるマリオンを簡単に抜き去った。

見失った俺を捜している隙に、エルヴィとアルメリアが両脇を素早く駆け抜けた。

◆ロジェ◆

巨大な魔導兵器を前に、オーランドが口を半開きにして見上げた。

「オーランド、あれが『石巨兵』だ」

「だと思った」

「おまえ頭いいな」

「サンちゃんが悪いだけ」

「む」

幼馴染《おさななじみ》と背中合わせになり、故郷を追い出されるきっかけになった最後の戦いを思い出す。

「DIOOOOON」

鳴き声のような駆動音を鳴らし、『石巨兵』が長い腕の先にある五指をこちらへむけた。

「オーランド、任せていいか」

「うん」

こちらを向いた指から、ドドッ、ドドッ、ドドッ、と赤い弾丸が発射された。

その瞬間、二人は離れ、ロジェは妹のマリオンのほうへ走った。

「何年ぶりかしら」

「ああ、そうだな、マリオン」

姉妹喧嘩《げんか》はよくした。だが、やっても口喧嘩《くちげんか》がせいぜいだった。

マリオンが魔法弓を発現させ矢をつがえた。

まだ心のどこかで、ロジェはマリオンが本気なのかわからないでいた。

だが、自分と森一番の腕を争う技量は衰えておらず、狙《ねら》いをつけて放たれた矢は、間違いなく自分を貫く射線を描いた。

「ッ……」

闇属性魔法『シャドウエッジ』発動。

魔法を剣の形状に変え、それを両手に携え矢を払った。

「なにそれ。エルフのくせに、闇属性魔法だなんて」

「おまえは知らないだろうな。故郷を失ってから、ワタシなりに努力したのだ」

「故郷を失って、エルフ族の誇りすら捨ててしまったのね、お姉ちゃんは」

「ああ……誇りで故郷が守れれば、どんなに楽だったか」

もう一〇〇年以上前のことだ。

故郷を失ったあと、復讐《ふくしゅう》を考え実行した。群れていないニンゲンを一人ずつ倒すのは簡単だった。

当時死んだと思っていたオーランドは、今は『石巨兵』相手に奮戦している。

「DIGUOOO!」

伸ばした腕から、赤い弾丸が発射される。

それを身軽にかわし、風属性魔法を操り大剣を叩《たた》きつけた。

「攻撃、死んでる。単調。魔獣のほうが、予測不能」

今は冒険者でランクはSなのだと再会したときに言っていた。どうやらSランクは伊達《だて》ではないらしい。

戦いを見守っていたマリオンが、ロジェに質問を投げかけた。

「お姉ちゃん、どうしてマスターに逆らうの？」

「ヴァンとは交換条件で従ったが、本来付き従っているのはライリーラ様ただ一人。そのお方にヴァンが危害を加えるのであれば、お救いするのが近衛《このえ》隊長として当然の使命」

「私もいるわ。ライリーラというあの魔族も。ここで暮らせばいいの」

マリオンの提案にロジェは首を振った。

「わかっていた。わかっていたが、ワタシは見て見ぬフリをした……。本物のおまえだと、思い込もうと努力した」

「本物でしょ？　一体何が違うっていうの？」

「あの日のまま過ぎる。成長も退化も何もしていない……記憶にあるそのままだ。再会したオーランドとおまえは大違いだった。旧知の友と会ったから余計にそれを痛感する。やはり、『復元』されただけに過ぎないのだと」

つまらなそうにマリオンは首を振った。

「もういいわ。このお姉ちゃんは要らない。新しい『お姉ちゃん』をマスターに作ってもらうわ」

マリオンは、三本の矢を作り出し弓を引いた。

「……もうそれは……」

ロジェも魔法弓を発現させ、闇属性魔法で作った矢をつがえた。

マリオンが放ったと同時に、ロジェも放つ。

三本の矢が蛇のようにうねりながら鋭く迫る。

「マリオン、魔法弓に魔力矢……それらはもう時代遅れなのだ。森の技術は、とうの昔に世界から遅れてしまっているのだ」

ロジェの矢は、マリオンの矢から守るように粒子のように広範囲に展開。そこを通過した矢は見当違いの方角へと飛んでいき、壁や床にそれぞれが突き刺さった。

「そんな……何、その矢……」

「『誤認識《チャフ》』という魔法矢の一種だ。放たれた物体の照準を大きく逸《そ》れさせる矢といえばわかるか？　戦前に死んだおまえは知らないだろう。人魔大戦時、広く魔王軍で使用されたものだ。……ワタシが考案した、エルフ殺しの矢だ」

「どうしてそんな矢を」

「もうワタシは、森のエルフではない。魔王軍近衛師団、第一魔法連隊長のロジェ・サンドソングだ。ワタシを同族殺しと蔑《さげす》むか？　旧世代の技術で戦場に来るほうがどうかしているのだ」

「私のこと？」

「おまえに限らず、エルフ族全体がそうだったというだけの話だ。ワタシはそれを恥じた。森の技術だの誇りだのと聞こえのいいことを言い、甘っちょろい理想とプライドを引っ提げて戦場に現れた時代遅れに、他の誰《だれ》でもないワタシが引導を渡してやろうと思った」

停滞しているのなら、奪われ蹂躙《じゅうりん》されるしかない。

故郷を失ったロジェはそれを学んだ。

ドォン、と砲声にも似た轟音《ごうおん》が響いた。

建物が揺れパラパラ、と壁の欠片《かけら》が剥《は》がれ落ちる。

オーランドが振るった大剣が、『石巨兵』の片腕をへし折った。どこで身につけた技術なのかはわからないが、オーランドも、伝統的なエルフの戦い方ではない。

当時とは戦闘スタイルがまるで違う。

『石巨兵』が床に両手をつくと、肘《ひじ》と膝《ひざ》から伸びた杭《くい》のようなものが床に突き刺さった。

がぱっと口が開くとそこから砲身が伸びた。

「DIGO――――!」

強烈な赤い光をまき散らし、砲身から魔力弾が発射された。

「えい!」

オーランドが大剣で真っ二つに斬ると、割れた魔力弾が壁に着弾した。

あれほどの攻撃を受けて城が崩壊しないのは、ライラが魔法を使ったからだろう。

あの一撃を放つと、すぐに元に戻れないらしく、『石巨兵』は大剣の餌食となっていた。

「オーランドも、もう、エルフの戦い方ではないわ」

「マリオン、おまえが死んでから、一五〇年が過ぎようとしている。少しくらいなら、ワタシもオーランドも変わる」

ロジェが隙を突《つ》き、一足飛びで接近するとマリオンは『シャドウエッジ』を腰の短剣で受けた。

「マリオン、あのときは守ってやれずすまない」

「やめて！　私は守られたくなんてなかった！」

エルフの戦法はロジェも熟知している。こうしてつばぜり合いをしてしまえば、脅威ではなくなってしまう。

再び距離を取ると、マリオンはまた弓を構えた。

「まったく進歩しない。エルフが引きこもりの種族と揶揄《やゆ》され、バカにされるのも、致し方ないことだった」

あのとき、それに気づいていれば、守れただろうか。

森を、故郷を、妹を。

マリオンが放った矢を両手の『シャドウエッジ』で斬り落とす。

「ッ――――！」

また近接戦闘をロジェが仕掛けると、振り上げた武器がマリオンの短剣を弾き飛ばした。

「また会えて嬉《うれ》しかった。ワタシの我がままで振り回してしまい、すまない」

顔を見て、一瞬躊躇《ちゅうちょ》しそうになる自分を叱咤《しった》した。

迷いかけた刃を、マリオンの胸に突き立てた。

◆ロラン◆

ライラの居場所を探すため、俺たちは階段を上へとのぼっていった。

「ロランが相手をすればよかったのではないか？」

後ろからエルヴィに疑問を投げかけられた。

「そうだな。だが、ケジメというやつがある。あのエルフを『復元』してほしいと願ったのはロジェだ。俺が始末しては立つ瀬がないだろう」

言うと、アルメリアも同意した。

「それもそうね……。それに、偽者とはいえ妹だし、他の誰かの手にかかるところは、見たくないかも」

それほど手を焼く相手にも見えなかった。

俺が知っているロジェなら、さほど苦戦はしないはずだ。オーランドもいるから、『石巨兵』にも手が回るはずだ。

ライラの気配を探りながら二階、三階、と過ぎていく。

やはり、上のほうにいるようだ。

ライラの魔法だろうか。窓の外から迂回《うかい》するルートは取れないようになっていた。

「このままだと、大広間に出ちゃうわよ……」

「お、大広間……」

アルメリアとエルヴィが嫌そうに眉《まゆ》をひそめていた。

大広間での戦闘がトラウマになっているらしい。

大広間というのは、元々王族が貴族たちを招いて晩餐《ばんさん》会を開く場所だったと聞く。

魔王城攻略時、警備をしていた魔騎士がそこに数百体ほどいた。

この魔騎士がなかなか手強《てごわ》かった。

魔王がいるとされた謁見《えっけん》の間へ行くにはここを通るしかなく、かなりの消耗を強いられた。

そして俺は、大広間通過後、魔王暗殺は単独で行ったほうがいいと判断した。

通路の奥にある古びた扉を開ければ大広間だ。

そこから一人、誰かが出てきた。

「……」

たったった、と走ってこちらへやってくる。

「貴様殿！」

……ライラか。

「ライリーラ？」

「ライリーラ殿か」

「ど、どうにかヴァンの下から逃げて来たのだ」

大広間のさらに奥のほうを指差しながら、ライラは言う。

「緊急の怪我《けが》を負った、とロジェから聞いたが」

「隙を見て自力で治したのだ。今ごろ奴《やつ》は大慌てであろうな」

フフン、とライラは得意げに言う。

「無事でよかったわ、ライリーラ」

「うむ。これで労せず目的を果たせたわけだ」

「……」

俺と顔を合わせれば、快活でいられるはずがない。

「偽者か」

「な、何を言うか、このたわけめ！」

怒ったような顔で、ぺしぺし、と俺を叩いてくるライラ。

「やはり、違うな」

「え、どこがどう違うって言うのよ？」

「私やアルにはさっぱりだ」

ねー？　と二人は顔を見合わせてうなずく。仲いいな。

ライラが自力で回復していたのなら、反撃してもいいはず。それくらいの気骨はある。

「どこがどう違うのか、説明せよ。納得がいかぬ」

憤慨したように、ライラは膨れている。

ライラの手を取り、ぐいっと引っ張ると、体を無理やり近寄らせた。

顔が至近距離に来る。ライラの唇にキスをした。

「んっ……？」

「きゃー、きゃー！　なに、なにー⁉」

「ロロロロロロロ、ロランッ！　い、い、いきなり何を⁉」

ちらりと見ると、Wお嬢様は両手で顔を覆って耳を赤くしていた。

唇を離すと、恥ずかしそうに顔を赤くしているライラが、照れたように目をそらす。

「いきなり、何をする……。時と場所を考えよ……阿呆《あほう》……」

「おまえにそんなキスを教えた覚えはない」

ライラはため息をこぼした。

「さすがというべきか。妾《わらわ》が……いや、『妾たち』が心底惚《ほ》れた男。この程度では騙《だま》し果《おお》せぬか」

踵《かかと》を鳴らすと、転移の魔法陣が廊下に広がった。

「大広間で会おう」

捕まえようと手を伸ばしたが遅く、声だけを残し、ライラは姿を消した。

鈍ったな。捕まえようとせず、迷わずに処理すべきだった。

同じ姿形というだけでこうも気後れするものか。

アルメリアとエルヴィは、もう目隠しをやめていた。

「ロラン、任せて。わたしたちに」

「ああ。今度こそは果たしてみせる」

いつの間にか、一人前のことを言うようになったな。

「ロランの判断を鈍らせるほど、ライラへの感情は大きいのよ、きっと」

そうなのだろうか。

俺が自覚していないだけか？

「さあ、行くわよ」

アルメリアが声を上げ、扉を開ける。

そこには、ぽつん、とライラが一人いた。

言葉通りなら、偽者のほうだろう。

一度アルメリアとエルヴィを振り返る。

「一秒だって惜しいんでしょ？　早く行きなさいよ」

「ああ。本物がロランを待っているはずだ」

前回の偽ライラはディーが倒した。

それと同程度であるなら、太刀《たち》打《う》ちできる、か。

「任せた」

返事を聞かず、俺は走り出した。偽ライラは止めるつもりがないのか、それとも止めても無駄だとわかっているからか、俺に手を出すことはなく、あっさり大広間を通り抜けられた。

◆アルメリア◆

体が熱い。

顔が火照っている気がする。

ロランが走り去った姿を見て、神経が昂《たかぶ》るのを感じた。

「二対一か」

偽ライリーラはつまらなそうに言う。

「すまないが、手段を選んでいる場合ではないからな」

エルが盾を構えながら言う。

彼女も呼吸がいつもより荒い。

たぶん、わたしと同じ気持ちなんだ。

「卑怯《ひきょう》と言うつもりはない。逆だ。妾が言いたいのは、たった二人でいいのか？ということだ」

「えらくわたしたちを舐《な》めてくれるじゃない……！」

「それはこちらのセリフである」

エイミーを前にしたときのような凄《すさ》まじい圧力は感じない。

わたしとエルなら、十分やれる――！

「偽者はとっとと消えなさい！」

「その偽者に敗れるそなたらは、なんと惨めか」

ここをロランに任された。

それがとても嬉しい。

エルも感じているであろうこの高揚感は、きっとそのせい。

エルが盾を構えたままジリジリと距離を詰めていく。ハンドサインでスキルを使ったことがわかった。

エルの後ろから飛び出したわたしは、剣を抜き、死角からライリーラへと一気に迫る。

『インディグネイション』の一部を剣にまとわせた。

攻撃有効範囲を大きく広げる、魔法剣『雷光』。

ちょっとやそっとの回避じゃ、逃れられない自慢の剣技だ。

「ッらぁぁぁぁぁぁぁぁあ！」

「派手よのう」

くす、と笑われたのがわかった。

今のうちに笑っていればいい――。

捉《とら》えた。と思った瞬間に、剣の中ほどから先が何かに呑《の》み込まれたかのように、なくなっていた。

「『次元壁』。物理魔法のいかなる攻撃もその先へは通さぬ。……妾が魔王たるゆえんを、とくと知るがいい」

エルのスキルで向こうに集中しているはずが、こっちを向いてる？

「何かの魔法でスキルを解除されたらしい」

「そういうことねッ！」

ブン、と剣を再び振ると、元に戻ったかと思いきや、また防御魔法に阻まれる。

「……」

「わからぬか？　無駄ということが」

『魔封壁』を発動させ、そのまま敵の防御壁にぶつけた。

「何を――」

「解除できるもんならやってみなさいよ！」
チ、とライリーラが嫌そうに顔を歪《ゆが》めた。
やっぱりそうだ。エルのスキルを解除させた魔法を使うと、自分の魔法も解除してしまうんだ。

『魔封壁』の出力を魔力で上げると、防御壁を徐々に浸食していった。

ライリーラが手を動かすのがわかった。

何をしたのか一瞬わからなかったけど、ガン、という固い音が背後からした。

「アル、背後は任せろ」

暗い闇《やみ》のような鋭い棘《とげ》が、エルの盾めがけて何度も攻撃を繰り返していた。

「術者本人には解除されたが、手元を離れた魔法は、この通り吸い寄せられるらしいぞ」

わたしの『魔封壁』が防御壁を侵食しきった。

これなら届く！

『魔封壁』を解除し、剣で斬りかかる。

バックステップを踏んだライリーラは、切っ先をどうにか回避した。

逃がすことはせず、開きそうだった距離を一瞬で埋め、剣撃を見舞う。

ライリーラも魔力で作られた剣で応戦してきた。

――剣術がこのくらいなら、いける。

ロランのほうが何倍も強い！

『雷光』を使い、幾度となく攻撃をしていく。ライリーラが防御する度に細かくダメージを負っていくのが表情で見てとれた。

防御を続けると、一発逆転を狙《ねら》って焦った大振りの攻撃を仕掛けることがある――ってロランが前に言ってたから、もしかして……。

「小賢《こざか》しい！」

剣の振りがほんの少しだけ大きい。

本当に来た！　これだ！

「決める――ッ！」

風属性魔剣『疾風』を狙いすましたタイミングで発動させ、鋭い刺突を放つ。

「っ――、がッ……」

わたしの剣は、ライリーラの体を貫いた。

すぐさま剣を引き抜き、袈裟《けさ》に斬り下ろす。

ばたり、と倒れるかと思ったら、どろり、と粘り気のある液体になってしまった。

ロランの目に間違いはなく、やっぱり、偽者だったらしい。

「はぁ……はぁ……か、勝った！　偽者だけど！」

ぺたりと座り込みグッと拳《こぶし》を突き上げる。そばにエルが駆け寄ってくると、手を引いてわたしを立たせてくれた。

◆ロラン◆

あの日、使わなかった廊下を走り、謁見《えっけん》の間を開ける。

「君がロランか」

年の頃《ころ》は二〇代後半くらいだろうか。腰には剣を佩《は》いているが、どこにでもいそうな青年だった。

玉座に座っているが、似合わない。

その隣に、血で汚れたライラが横たわっていた。

「ライラ！」

「大丈夫。状態保存の魔法を使った。しばらくは持つはずだ。君の右腕にも使われていたあれだよ」

その魔法を使ったのは、今頃《いまごろ》アルメリアたちと戦っている偽者のほうだろう。

一命は取り留めている……と思っていいのか？

口元や傷口の血は乾いているように見える。

医者に診せるなら早いに越したことはない。

「オレはヴァン・ガリアード。元はこの国出身で戦災を逃れて移住したルーベンス神王国では鍛治《かじ》ギルドに入っていた職人だ。今は、ここの国を管理運営している」

「国、か。お山の大将はさぞ気分がいいんだろう。死者の人形を集めて満足か？」

「誰《だれ》にも迷惑はかけていない。それどころか、滅んだこの国を再興しようとしてるんだ。この地域一帯にいた魔物や盗賊を一掃したんだぞ」

「否定するつもりはない。あんたが満足ならそれで構わない。ヨルヴェンセン近辺は特別危険地域とされていたが、一掃したのなら、もうそう呼ばれることもないだろう。感謝のひと言くらい言ってやってもいい」

褒められたのが嬉《うれ》しかったのか、緊張していたような表情が少しだけほころんだ。

「やっぱり、ロラン、君はオレといるべきだ」

「どうしてそうなる」

「今ならオレたちで新しい国を作れる！　ディアキテプも一緒だ！」

何だそれは。

それが、ヴァンの目的か？

実に子供じみている……。いい年をして、自分の国を作る？

憧《あこが》れていたのか、それとも能力を誇示したいだけか……話をした様子だとおそらく後者だろう。

俺はゆるく首を振った。

「俺はギルド職員だ。国を治めることや政《まつりごと》には興味がない」

「やはり、オリジナルはオレの言うことをロクに聞いちゃくれないな」

「男と長話をする趣味はない。俺の目的は、そこで寝ている魔族の女だ。返してもらうぞ」

「返すも何も、彼女が自分の意思でこちらへ来たんだ。オレは無理強いはしてないよ」

「細かい事情はあとで本人から訊《き》く。唯一許せないことがあるとすれば、死者を『復元』させたことでもエルヴィをそそのかしたことでもなく、ライラを傷つけたことだ」

エルヴィの件については、あいつの頭の固さが悪いほうへ作用した、と思うことにして、水に流してもいい。

「ディアキテプは、この国の復興を願っている。連れて帰られては困る」

「あんたがライラの想《おも》いを語るな」

理由が薄っぺらい。他に何かありそうだな。

ライラの偽者ではできない何かがオリジナルにはある――？

「ともかく、彼女はオレのそばにいてもらう必要がある」

ヴァンが立ち上がった。

「ライラの何を気に入ったんだか」

「君がこうして必死になってやってくるんだ。有能であることの何よりの証拠だよ」

「否定はしないが、俺はライラが優秀だからここまで来たわけではない」

思えば、俺の右腕が紛失してから、ずいぶん経《た》ったあとで国王暗殺の報せを聞いた。

俺をそんなに欲しているのなら、偽者からまた『複製』すればいい。その時間もあっただろう。

だが、知っている限りでは、俺の偽者は今のところあの一体だけ。

「……」

死者や魔導兵器……物体として死を迎えたものを再度作ることを『復元』。

俺やライラのように偽者を作ることを『複製』とする。

たとえば『複製』はオリジナルからしか作れない、とすれば一応の筋は通る。

俺の偽者は右腕から作られた。

だから、もっと細かく言うなら『オリジナルの生体部分から偽者は作られる』だ。

それなら、本物のライラを手元に置いておくのもわかる。

『復元』より『複製』をしたほうが個体としての肉体の強度、性能が上がる――そんなところだろうか。

腕に自信のあるタイプではなさそうなあたり、偽ライラがいなくなった場合、また『複製』できるように、オリジナルを手元に置いておきたいのかもしれない。

万が一を想定しているのなら、そう考えるのも自然。

まあ、俺の予想が正しいかどうか、確認する必要もないな。

すぐにスキルの効果や範囲、制限を考えてしまうのは、冒険者試験官の職業病のようなものだ。

「ライラを返してもらう。国王ごっこには付き合わせられない」

「彼女がここにいることに関して、君の許可は要らないだろう？」

「ああ、そうだな。俺は、ライラにそばにいてほしい。だからこれは、ただの俺のエゴだ」

あの日。

暗殺者になったあの日に殺した『自分』。

今となって、ようやく自分の声がかすかに聞こえるようになった気がする。

『猟犬』が十数体、扉から飛び込んでくると、続いて『石巨兵』が次々に中へ入ってきた。

ヴァンが部下と一緒にライラを運ぼうとしている。

俺は、ため息をひとつついた。

「この程度が時間稼ぎになるとでも思っているのか」

『影が薄い』スキル発動。

赤い三つの目がきょろきょろとしている合間に、死角から『猟犬』を一体、二体、と腹部を魔鎧《マギレガス》で突き刺し戦闘不能にしていく。

「『猟犬』が――!?」

「瞬きの間に、一体ずつ倒されていく……!?」

「つ、強いとは聞いたが、こんな速度で『猟犬』が――!?」

部下たちの驚嘆の声が聞こえた。

混乱した『猟犬』が無暗に発砲をはじめ、『石巨兵』に直撃する。それを敵勢とみなした『石巨兵』が反撃をはじめた。

戦場でよく見た光景だ。

人も兵器も、混乱してしまえはこんなものだ。

俺が手を出すまでもない。

「な、何をしている――！」

苛立《いらだ》ったようにヴァンが声を上げた。

呆気《あっけ》に取られている隙に、ライラを運ぼうとしていた部下を背後から一人、また一人と消していく。

例外なく、どろりとした液体へと変わった。

「え――」

驚愕《きょうがく》に目を剥《む》いているヴァンの耳元でそっと言ってやった。

「知っているか。羊に指揮された狼《おおかみ》は、狼に指揮された羊より弱いことを」

ヴァンの肌がゾゾゾゾゾゾ、と粟立つのが見えた。

「く、このッ！」

振り向きざまに手の甲で攻撃をしてくる。ロクに戦ったことのない素人《しろうと》の攻撃だった。鼻白んだ俺はそれを受け止めた。

「もうよせ」

ギギギギ、と歯ぎしりをしたヴァンは、俺を鋭く睨《にら》んでくる。

「オレのスキル『軍工廠《こうしょう》』は、多くの人間を幸せにすることができる！　気配を消すだけの外れスキルと同じにするな！」

「いい能力だと思う。俺のと違って」

だがな、ヴァン。

「今のは、誰かを幸せにしたことのあるやつだけが言っていいセリフだ。女一人を幸せにできない男が口にしていいセリフではない。俺も鋭意努力中の身。あまり人のことは言えないがな」

「黙れ、黙れ！」

すると、ヴァンの体が光りはじめた。

『猟犬』や『石巨兵』たちと同じような鋼鉄の装甲が、ヴァン全身を覆った。目の部分には、やはり赤い三つ目がある。

ロジェがあとひとつ使い方がわからない魔導兵器があると言ったが、これのことか。

「『鎧《ギア》』と呼ばれる魔導兵器だ」

ヴァンが抜刀し鞘《さや》を払うと、もう片手には『銃』を持った。

剣のほうは、エルヴィに預けた魔剣と同型だった。

「来い」

俺が言うと、敵が瞬時に眼前に迫った。

ガン、ガンッ――。

『銃』が吠《ほ》えるように弾を放つ。

腰をひねり回避すると、その先には魔剣が待っていた。

まだ間合いの外――と安心したのも束《つか》の間《ま》。

魔力を周囲から吸い上げはじめ、魔力光線を間合いの外から放った。

「チッ」

攻撃を回避すると、そのまま斬りかかってきた。

『銃』の射撃に、魔剣の魔力光線、そのあとに斬撃が続く。

素人のはずだが、動きが熟達している。それに、反応もいい。

これが『鎧《ギア》』の力か？

「意識を何倍も加速させ、反応速度を上げ、かつて装備した者の動きを蓄積し再現してくれるんだ！」

「なるほど、便利な代物だ」

「ディアキテプは『銃』には敵わなかったぞ」

まるでオモチャを手にした子供。

自分の手の内を得意げに明かして、何のメリットがある。

魔剣は、俺も多少魔力を吸われるが、主に意識不明のライラから吸引している。これ以上は、ライラの体に障る。

時間をかける余裕はない。

フェイントをかけ、背後を取ると、思ったよりも速く反応した。

「それくらいで背後を取れると思うな！」

『影が薄い』スキル発動。

魔力の腕から一部の魔力をさらに放出。手首から先がヴァンの顔面に直撃した。

「く、今のは何だ――!?」

わからないだろう。

スキルを熟知している偽者の俺ですらわからなかったのだから。

「大層な装備、武器を持ったところで、使うのは人間であることを忘れるな」

そして、人間である以上、意識の死角は絶対に存在する。

完全に焦っているヴァンの手から『銃』を奪うのは、容易《たやす》かった。

どこかの支部長の下着を着脱させるのと道理は同じだ。

視認した弾丸には未知の術式が書いてあった。

ライラを撃ったのも、おそらくこの特殊な弾丸だろう。

「その『鎧《ギア》』とやらで、これは防げるのか?」

「なっ!?　――やめ」

炸裂《さくれつ》音とともに弾丸が放たれる。

ビギッ、と『鎧《ギア》』にヒビが入った。

「あっ……う、嘘《うそ》……」

ヴァンが患部を押さえ、がた、と膝《ひざ》をつく。

残弾がいくつかあったので、すべて撃ち込んでおいた。

悲鳴を上げてのたうち回るヴァンに、俺は言った。

「急所は全部外している。すぐには死なない」

ひいひい、と半泣きになって、脂汗を流しはじめた。

「オレ、死ぬの……？」

「死なないと言っているだろ」

怪我《けが》をするのもはじめて、と言わんばかりの態度だな。

うるさいので応急処置をしてやり、あとから追いついてきたアルメリアとエルヴィに手伝ってもらい、二人を運ぶ。ロジェとオーランドも合流すると、ライラを見たロジェが泣き出した。

「ライリーラ様ぁぁ……！　死ないでぇぇぇ……！」

「保存の魔法を使っている、とヴァンが言っていた。しばらくは大丈夫だ」

こうして、ヴァンとライラを伴い家まで転移することになった。


「そんな大した怪我ではないですね」

王城から連れてきたセラフィンにヴァンとライラを診てもらい、治癒魔法を使ってもらった。

みるみるうちに患部が治癒していく。

家に着いた頃《ころ》には、ヴァンは気絶していた。そのほうが静かで助かる。

ロジェは心配そうにライラの容態を隣で見守っている。

かと思えば、そろり、とベッドの中に入ろうとしていた。

「おい、ヘンタイエルフ、何をしている」

「温めて差し上げようと思っただけだ」

真顔でそんなことを言った。

セラフィンがリビングのほうへ行くと言い、部屋をあとにした。

「ニンゲン、ヴァンの処遇はどうする気だ」

「そうだな……エルヴィに任せたほうがいいだろう」

ルーベンス神王国国王暗殺の黒幕でもあるし、魔剣を渡されてそそのかされたのだ。

遺恨が何もないのであれば、冒険者にしてもいい。そう思う程度には優秀な能力だった。

だが、エルヴィほどではないにせよ、個人的に許せない点があったのも事実。

ライラのことはロジェに任せ、リビングへと向かう。

「ヨルヴェンセン一帯はどうするのがいいと思う?」

その話題だったらしく、部屋に入るなりアルメリアが尋ねてきた。

「ひとつめは、『復元』をよしとせず、元のヨルヴェンセンに戻す。ふたつめは、このまま中立扱いとして彼らを放置する。みっつめは、いずれかの国が管理下に置く。……こんなところか」

落としどころとしては妥当だと思う。

そうよねぇ、とアルメリアが悩ましげなため息をつく。

「でも、ロランが言うひとつめはなし」

「うむ。『復元』されたとはいえ、彼らに罪はない」

姿が見えないと思ったら、セラフィンが葡萄酒《ぶどう》のボトルとグラスを手に戻ってきた。

あれは、ライラがストックしていたものだが、まあいいだろう。

「ロラン、ふたつめ、よくわからない」

オーランドが訊《き》いてくる。

「そのままです。どの国にも属さず、どの国の指図も受けません。はじめのうちは、盗賊対策を講じる必要はあるでしょうが、長役の者に冒険者ギルドの利用を促せば、事足りるでしょう」

冒険者ギルドのシステムの説明をする必要がありそうだ。

まともな額を出せないだろうから、報酬は格安になるだろうが。

「ロラン。オーラ、警備、してもいい」

「気持ちは嬉《うれ》しいですが、きっと格安になりますよ」

「いい」

「では、クエストになった際は、是非」

「うん！」

ランドルフ王に相談してもいいが、支持されるのはみっつめの管理下に置く、だろう。当然フェリンド王国が管理する。

旧王都一帯が安全だとわかれば、徐々に人も増えていくはず。

へんに報告をして支配地化させないほうがいいかもしれない。

「ヴァンは、エルヴィに預ける」

「ああ。承知した」

しばらくしたあと、ロジェとオーランドが帰っていく。

積もる話があるのだろう。それからすぐに、アルメリアとセラフィン、拘束されたヴァンとエルヴィが帰っていった。

舐《な》めるようにゆっくりと呑《の》んでいると、リビングの扉が開いた。

「おまえも呑むか？」

「元々それは妾が楽しみに取っておいた酒である。よくもまあ、我が物顔で呑めるものだ」

苦言を呈したライラは、隣ではなく向かいに座る。俺と目が合うと、何か言いたげにしたが、伏し目がちに顔を背けた。

ややあって、ようやく口を開いた。

「世話をかけた」

「いたかったたか、あの国に」

「そういうわけではない」

「復興しようとしたり、その助けとなろうとする志は立派だと思う」

褒めるつもりがないのがわかるのか、ライラの表情は曇ったままだ。

「だが、罪悪感の捌《は》け口にはするな。罰に救いを求めるな。どういう事情があれど、おまえの罪は死ぬまで背負っていくもの。贖罪《しょくざい》に逃げるな。甘えるな」

俺とライラは、程度や規模は違えど、互いに咎《とが》人。だからこそ、わかり合えたのだと思う。

「復興が上手《うま》くいきはじめたら、戻るつもりであった」

「そうならはじめからそう言ってくれ。心配した」

「本当に？」

ようやくライラの表情が晴れた。

「嘘《うそ》をついてどうする」

「妾を捜してヨルヴェンセンくんだりまで、わざわざ来てくれた？」

「アホエルフが帰ってこないせいでな」

ぷふっ、とライラが吹き出した。

「ロジェらしい」

「ヴァンが作ったおまえの偽者とも遭遇した」

「どうであった？」

「そのままだ。俺の偽者と本物を間違うのも無理はない」

「……まさか、抱いたのではないだろうな……」

ライラは嫌そうに横目でこちらを見てくる。

「そんな時間はない」

ほっと音が出そうなほどのため息をライラはついた。

日頃《ひごろ》から種を撒《ま》くことは許可する、と公言しているライラだが、自分の偽者が相手なのは嫌だったらしい。

「どうやって見破ったのだ？　そなたの偽者は右腕がきちんとあった。妾はそれで判断できたが」

「キスが下手《へた》だった」

すっくと立ちあがると、ライラはこちらへやってきて、ベシベシ、と俺を叩《たた》きはじめた。

「何をする」

「キスはしたのであろう⁉」

「ああ」

「『ああ』――ではないっ！」

今、少しだけ声音を変えて俺の真似《まね》をしたな。

「なぜか腑《ふ》に落《お》ちぬ！　同じであるなら、本物とすればよかろう！」

「即座に判断できる材料がなかった」

「今後このようなことがないよう、魔法やスキルで偽者が作られた対策として『看破』の魔法をそなたに教える」

「ん。助かる」

「この男は……」

困ったようにライラはため息をつき、小さく笑った。

「そなたといると、飽きぬな。……ほ、本物かどうか、確認してみぬか？」

もじもじ、と膝をすり合わせ、上目遣いをする。

俺は肩をすくめた。

「そういえば、本物も大して上手くはなかったな」

「試してみるがいい」

俺が腕をライラの背中に回し抱き寄せると、じゃれつくようにライラが覆いかぶさってきた。

頬に、唇に、首筋に、確認するようにライラは何度もキスをした。

「妾を窮地から救ったことの褒美をとらす」

俺の胸の上で、鼓動を聞いているかのようなライラが言う。

「素直に礼が言えないのか」

「今宵《こよい》は何でもするぞ。何でも言うがよい」

「そばにいてくれ」

「……謙虚な男め」

「そばにいろ」

「……うむ……」

照れくさそうに笑うライラとまた唇を重ねる。

キスの上手い下手は、正直偽者と同レベルだった。何が俺に偽者と確信させたのだろう。

そうつぶやくと、

「愛に決まっておろう」

そう言ってライラは自信満々そうに笑った。

12 再び魔王を封じる

エルヴィの魔剣を分析してもらったときに、事件の一部始終をワワークに教えていた。

最終的にどうなったのか、その報告のためとひとつ頼み事をしていたので、工房へやってきていた。

「へえ。『軍工廠《こうしょう》』か。君が教えてくれる限りじゃ、いい能力みたいだね。そんな力があれば、ボクの研究や成果なんてあっという間に完成するんだろうなぁ」

手元で小さな何かをイジりながら、ワワークは言う。

「いやー、それはそれでつまんないか」

「どうして？」

「結果はもちろん大事だ。けど、それまでに自分がどれほど心血を注いだのかっていう思い出も、ボクは大事だと思っていてね。愛着ってやつだよ」

愛着か。

俺ははじめてもらったナイフのことを思い出した。

どこにでもある品だが、長い期間愛用したせいで、思い入れがある。

手元の作業が一段落したのか、今度は俺の腕輪の様子を確認しはじめた。

「何か困ったことは？　上手《うま》く腕が機能しなかったり、思ったように動かせなかったり」

「これといってとくにない。十分な働きをしてくれている」

「あ、やっぱり？」

ひと通り見てわかっていたらしく、ワワークは嬉しそうに何度もうなずいた。

「だと思ったよ。丁寧に扱ってくれてるのがわかるし、もし何かあればこちらの不備だろうけど、それに関しては万全の自信がある」

毎回改良点を訊いてくるが、満足いく『腕』なので、今日も改良点はないことを伝えた。

「せっかく試作品を使ってくれそうな理解あるニンゲンに出会ったんだ。もうちょっと改良したものを作りたいんだけど――」

「イジって悪化するほうが俺は困る」

「違いない」

ハハハ、と血色の悪い顔で快活にワワークは笑う。

「そのヴァンっていう彼はどうなったの？」

「ルーベンス神王国に連れていかれた。処遇はまだ聞いていない」

エルヴィに報告してほしいとも言わなかったので、もう終わっているかもしれない。

「今度、ヴァンが『復元』したっていう魔導兵器を見に行きたい」

「ああ。お安い御用だ」

ヨルヴェンセン王国での話で、一番ワワークの興味を引いたのが魔導兵器だったため、面倒な聴取がはじまった。動力は何で、素材は何でできていて、形状はどうなっていて――と、ワワークは覚えている限りをしゃべらそうとする。

「これ以上は、今度にしてくれ」

「えぇぇー」

ワワークは子供のような不満の声を上げた。

「今日は、約束がある」

報酬不正事件を解決したので、アイリス支部長から食事に誘われているのだ。

ライラが戻ってきたこともあり、日程を今日の夕方に決めていた。

「ああ、ちょっと待って！　前に言ってたやつ、できたよ」

工房を出ていこうとすると、慌てたように追いかけてきたワワークに小箱を持たされた。

「助かる。礼を言う」

「ううん。また時間があったら魔導兵器のところへ連れて行ってくれよ。何か参考にできるかもしれない。それに、君の話は飽きないんだ」

「ああ。またな」

ワワークの探求心に終わりはないらしい。

人間ならとっくに死んでいるであろう年齢だと聞いた。

吸血族にしては変わり者だが、それでよかったのかもしれない。

すっごいところだから、とアイリス支部長に案内をされて、俺とライラは店までやってきた。

「アイリス・ネーガン様ですね。こちらへどうぞ」

正装をした給仕に促され、店内を歩く。

重厚な朱色の絨毯《じゅうたん》が敷き詰められた店内は、内装も凝っていて、たしかに『すっごいところ』らしい。

「ラハティの町に、こんな店があるんですね」

「そうなのよ。私も滅多に来ないいんだけどね」

「妾《わらわ》に相応《ふさわ》しいよい店である」

物珍しそうにする俺たちとは違い、さも当然のようにライラはうなずいている。

案内されたのは、最奥にある個室だった。

飲み物を頼み、それが揃《そろ》うと、静かにグラスを重ねた。

「オーランドさんとは、付き合いは長いんですか？」

「ええ。私がまだぺーぺーだったときからよ」

まだラハティ支部に来る前のこと。

酔《よ》い潰《つぶ》れているのを介抱したのが縁となり、まだ受付業務をしていたアイリス支部長の下へやってきて、クエストを受けるようになったという。

「優しいでしょ、オーランド」

「ええ」

「報酬を減額された件も、もっと怒っていいのに、しょんぼりした様子で漏らすから、どうにかしてあげたいと思っちゃって」

ロジェの昔馴染《むかしなじ》みというのを知っているライラだが、興味はないらしく、酒と肴《さかな》だけが進んでいた。

「オーランドさんも、森を出て長い。まだ差別が強く残っている頃《ころ》を知っているから、変に差別慣れしてしまったのかもしれません。騒ぎ立てたところでどうにもならない、という無力感があったのかもしれません」

「減ってはいるけど、差別主義者ってたまにいるものね。ただ、イーミルの支部長がそうだとは初耳だったけれど」

「エルフや獣人の職員がいても不思議ではないのですが」

「あなたがもっと出世して、変えて。ギルドを」

「その前に、支部長が出世するでしょう。変えるのは僕ではなくあなたです」

「それもそうだけれど、たくさん出世したいわけじゃないのよね……」

傾けたグラスの葡萄《ぶどう》酒を眺めながら、アイリス支部長は困ったように笑った。

「仕事の話ばかりで、妾を放置するとは、不敬である！」

もう何度も酒をおかわりしていたせいか、ライラの呂律《ろれつ》が怪しい。

「ふけーである！」

「わかった、わかった」

構え！　と顔に書いてあるかのようだった。

あれから、オーランドはときどきこちらの支部に顔を見せるようになっていた。

といっても、Sランクに斡旋《あっせん》できる仕事はなく、俺とは世間話だけをする。支部長とは、仕事が終わったあと呑《の》みに行っているようだった。

ライラがクラッカーを寄こせ、次はチーズ、その次はドライフルーツだ、と要求してくる。

すべて「妾に食べさせよ」と口を開けて待っていた。

クラッカーを食べさせ、上機嫌にグラスを傾け、次はチーズを……そんな具合に、俺はリクエスト通りに食べさせてやった。

「ライラちゃん、よかったわね、ロランに食べさせてもらって」

うふふ、と微笑《ほほえ》みながらも、完全に小馬鹿にしているアイリス支部長だった。

だが、普段は気づくであろう真意も気づかないほど、ライラは酔っていた。

「うむ」

もぐもぐと口を動かして満足そうだった。


その翌日だった。

エルヴィから手紙が届いた。ヴァンの処遇についてかかれていた。

「公開処刑か」

隣で手紙を覗《のぞ》いていたライラがぽつりとこぼす。

「表向きの罪状は書かれていないが、ルーベンス側からすれば、暗殺を指示した黒幕だからな」

妥当なところだろう。

「奴《やつ》は、無邪気過ぎた。子供のように、自分の可能性を信じておった」

「便利すぎるスキルも考えものだな」

「そなたの『複製』に成功し、『ロラン』の実力を暗殺によって確認した。段階を踏みながら、あの男は、欲に取りつかれ、呑まれていった」

自分で新しい国を興す――。それを願っていたとして、実行に移せる能力がなければ夢物語。

だが、ヴァンの力はそうではなかった。

『軍工廠』は夢物語を現実に変え得るスキルだった。

俺たちが横槍《よこやり》を入れなければ、叶《かな》ったかもしれない。

ヨルヴェンセン王都の人々については、あれから一度長役とされる老人に会いにいった。

幸い冒険者ギルドの存在自体は知っていたようで、クエスト依頼の要望書を入れる箱を数か所に設置し、定期的に回収することになった。

「『復元』された魔導兵器は、もう残っていないらしい。見に行ったときに、もうないのだと老人が言っていた」

「そうか」

「あれらは未知の技術だ。使わないに限る」

強すぎる力は、争いの種になる。

いつかライラが言ったことだし、ライラ本人がそうだった。

「魔力抑制器具をつけるのはいつでもいいと言ったが、つけたほうがいい。今後、おまえの力を利用しようと現れる輩《やから》がいないとも限らない」

「であるな。そうしよう」

首輪を取りに行こうとライラが席を立つ。

その手首を掴《つか》んだ。

「ここにある」

「いや、寝室に……」

「それは、ワワークに返した。違うものを作ってもらった」

「うむ？　新型か？」

「まあ、そんなところだ」

俺はワワークから受け取った小箱を開けると、輝く銀色のシンプルな指輪が入っていた。

「綺麗《きれい》……」

「これをつけてほしい」

はにかんだような笑みで、ライラはうなずく。

手が差し出された。指輪のサイズを指示してなかったが、問題なく特定の指に入りそうだった。

入れてみると指輪はぴったりで、手を宙にかざしてライラは何度も指輪を見ていた。

ふふふ、ふふふ、ととろけそうな顔をして、ずっと眺めている。

「貴様殿よ、これは一体どういう意味であろう」

何かを期待するような、ホクホクした顔でライラは訊《き》く。

「？　魔力抑制効果だ」

「……」

感情がゼロになったかのように、ライラは無表情になった。

「首輪のときのように、取れないし、壊れないそうだ」

おほん、と気を取り直すように、咳払《せきばら》いをした。

「よい品である。ワワークには、礼を言わねば」

そうだな、と相槌《あいづち》を打つ。

「魔王は、封じておかなければならない、と今回の件で再認識した」

「うむ。もう、離れぬぞ」

「そうしてくれ」

指を絡ませると、ライラが頭を俺の肩に預けた。

あとがき

こんにちは。ケンノジです。

7巻というのはケンノジ作品のシリーズ最多巻数でして、こんなに長いシリーズを書かせていただけるとは思ってもみませんでした。

自分の好きな要素を多く取り入れているので、書いていても楽しかったです。

本作以外にも何作か書いていますけど、好きな要素を入れているって公言しているのは、たぶんこの作品だけな気がします。この発言の真偽が気になった方で暇な人は調べてみてください。

シリーズが続くとネタ切れして苦しくなるだろうな、と思っていましたが、実際そこまで苦労することもありませんでした。

自作のどれにも言えることですが、「ちょっと待ってください。ネタ切れして次書けません」とか言ってみたいですね。

とはいえ、新作やそれらシリーズを続けられるのも、読者の方々をはじめ色んな方のお世話になったからに他なりません。

色んな方に支えられているんだなと実感するばかりです。

本作は関係ないですが、自作の『チート薬師のスローライフ～異世界に作ろうドラッグストア～』（ブレイブ文庫）がアニメになりまして、現在好評放送中です。

本作とはまた一味違った内容となっています。のんびりした癒し系スローライフ作品ですので、こちらも是非ご注目ください！

さて、いよいよ書くこともなくなってきたので、このへんであとがきをまとめようと思います。

ここまで読んでくださった読者の皆さまありがとうございました。

次巻かケンノジ作品のいずれかでまた読んでいただけると嬉《うれ》しいです。

それでは。

ケンノジ

お便りはこちらまで

〒102－8177
カドカワBOOKS編集部　気付
ケンノジ（様）宛
KWKM（様）宛

カドカワBOOKS

外《はず》れスキル「影《かげ》が薄《うす》い」を持《も》つギルド職員《しよくいん》が、実《じつ》は伝説《でんせつ》の暗殺者《あんさつしや》7

2021年8月10日　初版発行

著者／ケンノジ

発行者／青柳昌行

発行／株式会社KADOKAWA

〒102-8177
東京都千代田区富士見2-13-3
電話／0570-002-301（ナビダイヤル）

編集／カドカワBOOKS編集部

印刷所／暁印刷

製本所／本間製本

●お問い合わせ
https://www.kadokawa.co.jp/（「お問い合わせ」へお進みください）
※内容によっては、お答えできない場合があります。
※サポートは日本国内のみとさせていただきます。
※Japanese text only

Printed in Japan
ISBN 978-4-04-074154-3 C0093

新文芸宣言

かつて「知」と「美」は特権階級の所有物でした。

15世紀、グーテンベルクが発明した活版印刷技術は、特権階級から「知」と「美」を解放し、ルネサンスや宗教改革を導きました。市民革命や産業革命も、大衆に「知」と「美」が広まらなければ起こりえませんでした。人間は、本を読むことにより、自由と平等を獲得していったのです。

21世紀、インターネット技術により、第二の「知」と「美」の解放が起こりました。一部の選ばれた才能を持つ者だけが文章や絵、映像を発表できる時代は終わり、誰もがネット上で自己表現を出来る時代がやってきました。

UGC（ユーザージェネレイテッドコンテンツ）の波は、今世界を席巻しています。UGCから生まれた小説は、一般大衆からの批評を取り込みながら内容を充実させて行きます。受け手と送り手の情報の交換によって、UGCは量的な評価を獲得し、爆発的にその数を増やしているのです。

こうしたUGCから生まれた小説群を、私たちは「新文芸」と名付けました。

新文芸は、インターネットによる新しい「知」と「美」の形です。

2015年10月10日

井上伸一郎

※紙本と電子書籍の合算数字となります。
2020年6月現在。
シリーズ累計
200万部
突破!!
蜘蛛《くも》ですが、なにか？
Kumo desuga, nanika?
著：馬場翁
イラスト：輝竜司
TVアニメ
2021年1月より
連続2クール放送決定!!
『このライトノベルがすごい！2017』(宝島社刊)
単行本部門
新作ランキング
第1位
『このライトノベルがすごい！2018』(宝島社刊)
単行本・ノベルス部門
ランキング
第2位
女子高生だったはずの「私」が目覚めると……なんと蜘蛛の魔物に異世界転生していた！
敵は毒ガエルや凶暴な魔猿っておい……。ま、なるようになるか！
種族底辺、メンタル最強主人公の、伝説のサバイバル開幕！

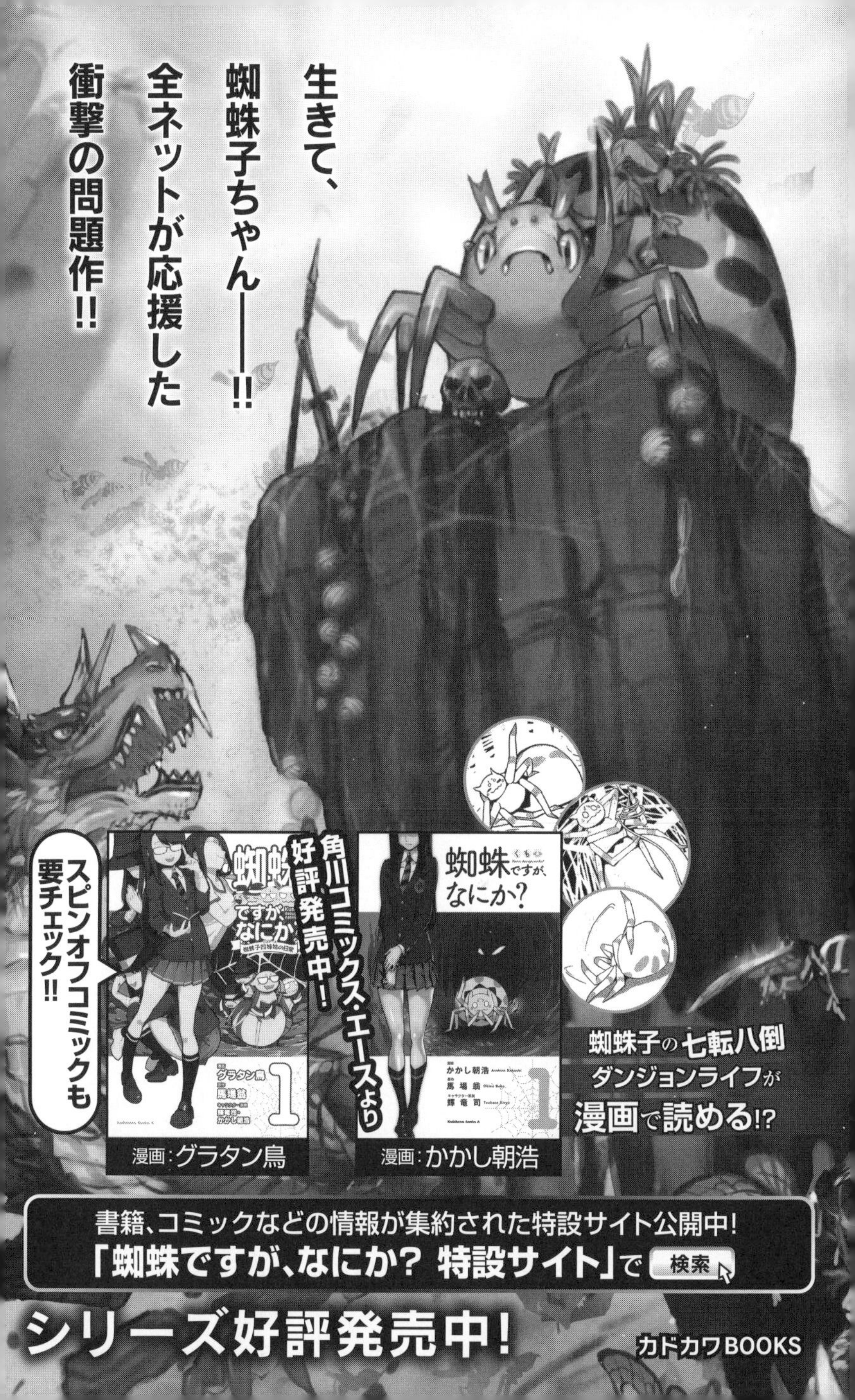
生きて、
蜘蛛子ちゃん――!!
全ネットが応援した
衝撃の問題作!!
角川コミックス・エースより
好評発売中!
スピンオフコミックも
要チェック!!
ですが、なにか
グラタン鳥
馬場翁
かかし朝浩
1
漫画:グラタン鳥
蜘蛛《くも》ですが、なにか?
漫画 かかし朝浩
原作 馬場翁
キャラクター原案 輝竜司
1
漫画:かかし朝浩
蜘蛛子の七転八倒
ダンジョンライフが
漫画で読める!?
書籍、コミックなどの情報が集約された特設サイト公開中!
「蜘蛛ですが、なにか? 特設サイト」で 検索
シリーズ好評発売中!
カドカワBOOKS

奇跡に詠唱は要らない――
気弱で臆病だけど最強な
魔女の物語、書籍で新生！

元社畜、
異世界の端っこで
のんびりモノづくり生活、
はじめます。
WEBデンプレコミックほかにて
コミカライズ
連載中!!!
漫画：日森よしの
たままる
ill
キンタ
カドカワBOOKS
異世界に転生したエイゾウ。モノづくりがしたい、と願って神に貰ったのは、国政を左右するレベルの業物を生み出すチートで……!? そんなの危なっかしいし、そこそこの力で鍛冶屋として生計を立てるとするか……。

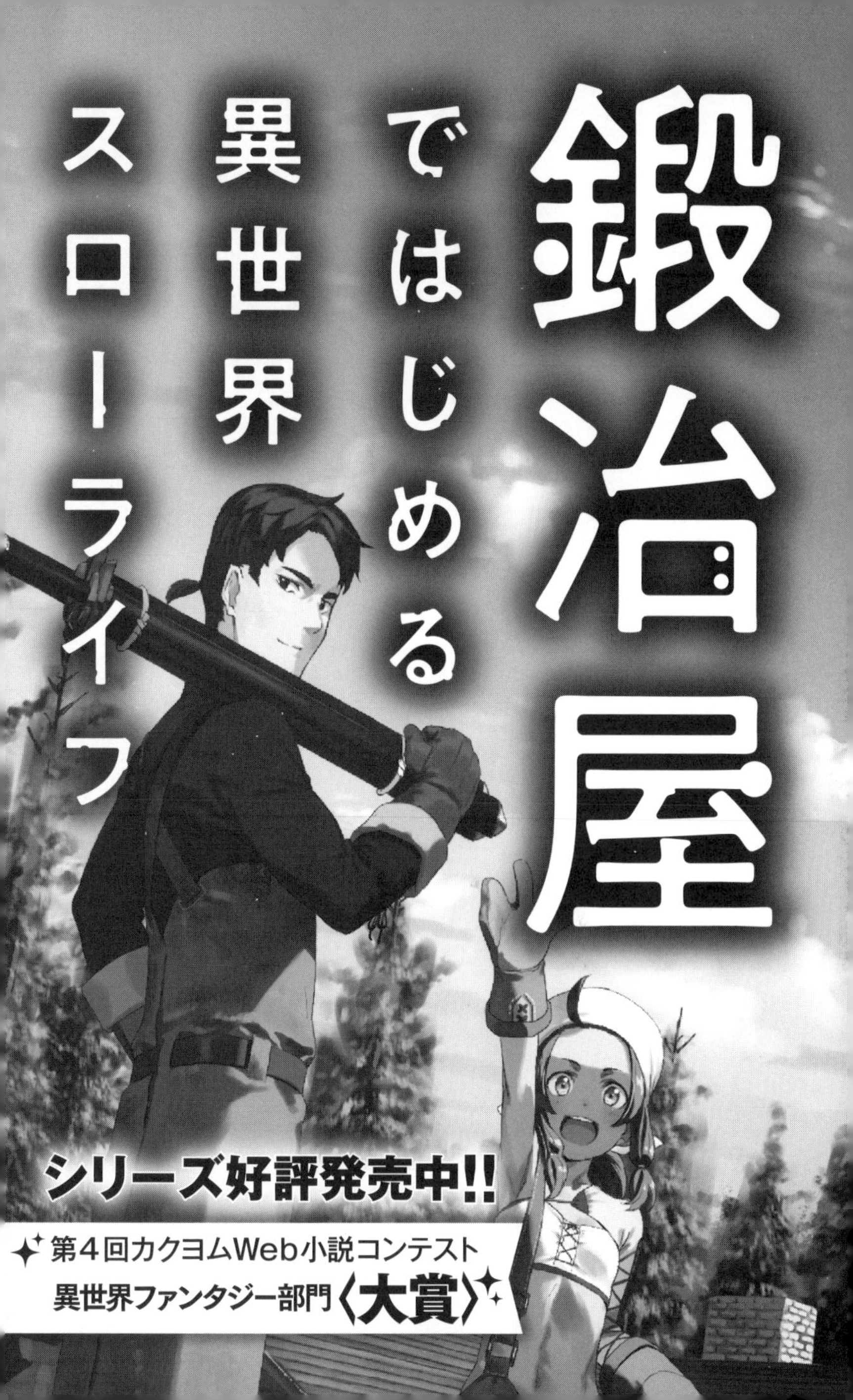
鍛冶屋ではじめる異世界スローライフ
シリーズ好評発売中!!
第4回カクヨムWeb小説コンテスト
異世界ファンタジー部門〈大賞〉

竜と精霊と聖女の力で……
領地が
めちゃめちゃ強くなってます!?
B's-LOG COMIC ほかにて
コミカライズ連載中！
漫画：黒野ユウ